KB046525

신입사원 빵떡씨의 극비 일기

일러두기

— 본문에 사용된 일부 속된 표현이나 비표준어는 문장의 뉘앙스와 입말을 최대한 살리기 위해 그대로 두었습니다.

— 외국 인명, 지명과 모든 외래어는 국립국어원의 외래어표기법에 따라 표기했으나, 본문의 일부 외래어는 저자의 입말을 살리기 위해 그대로 두었습니다. 우리말 역시 입말과 문장의 뉘앙스를 위해 일부는 맞춤법에 어긋난 채로 두었습니다.

— 대부분의 각주는 최신 신조어나 준말을 이해하기 어려울 수 있는 회사 내 팀장 이상 직급자를 위해 달았습니다. (웃음)

신입사원 빵떡씨의 극비 일기

인턴에서 대리까지 정신승리 연대기   빵떡씨 지음

플로베르

"그런 것도 책이 되니…?"

블로그에 쓴 글이 책으로 나온다는 걸 알게 된
어머니가 처음으로 하신 말씀입니다.

"그러게… 이런 것도 책이 된다네….”

라고 말했지만, 사실 퇴근 후 대부분의 시간을 들여
쓴 글입니다. 아버지는 무슨 글인지도 모르고 그저 딸이
쓴 책이 나온다니 좋아라 하고 계십니다. 아빠, 내 책이
걸작이긴 한데… 아마 아빠 친구들한테 보여주긴 좀 그럴
거야… 더군다나 책엔 제 이름도, 사진도 들어가지 않으니
제가 썼다는 사실을 아실 도리도 없겠네요.

책이 나올 때 즈음이면 제가 회사에 다닌 지 만 2년이 됩니다. 기념비적입니다. 처음 입사할 때만 해도 '여기서 3년 정도 다니면서 경력 좀 쌓고…'라고 생각했는데, 2년을 다니고 나니 '3년 정도'라는 시간은 전설의 동물처럼 소문만 무성하고 만날 수 없는 존재란 생각이 드네요.

책에 수록된 일기 역시 입사하자마자 쓰기 시작했으니 거의 2년 치의 내용이 담겨 있습니다. 이번에 책으로 편집하면서 예전에 쓴 일기들을 쭉 다시 읽어봤습니다. 소스라치게 구린 에피소드도 있고, 지금과 확연히 다른 마음가짐으로 회사 생활을 했던 때도 있더군요. 입사할 때의 저와 지금의 저는 완전히 다른 사람이 된 것처럼 느껴졌습니다. 일기를 쓰지 않았다면 몰랐을 사실이겠죠.

직장인은 하루 여덟 시간 이상을 일해야 하니 제가 하루에 글을 쓸 수 있는 시간은 언제나 조금밖에 없었습니다. 그래서 글이란 제게 항상 간절하고 애달픈 것이었습니다. '그런 것치곤 조금 경망스러운걸…'이라고 생각하실지도 모르겠습니다. 그래도 스스로는 하고 싶은 걸 할 수 있는 만큼 했다는 것에 상당히 자랑스러워하고 있답니다.

처음부터 책을 만들려는 생각은 아니었습니다. 회사에
다니더라도 글 쓰는 사람으로 살고 싶었습니다. 그렇다면
뭐라도, 작은 것이라도 당장 쓸 수 있는 것부터 써보자는
생각에서 시작했습니다.

'하루 중 가장 많은 시간을 회사에서 보내니 회사
얘기를 쓰자, 길게 쓸 시간이 없으니 일기처럼 짧게 쓰자,
물론 일기처럼 매일 쓰긴 힘드니 그냥 꾸준히라도 쓰자.'

그렇게 사정에 맞게 쓰다 보니 지금의 형태가
되었습니다.

'내가 잘 쓸 수 있는 내용으로 쓰자. 가장 잘 쓸 수
있는 건 회사 욕, 다음으로 잘 쓰는 건 팀장 욕, 다음은 대리
욕….'

네, 조금 부끄럽지만 그런 식으로 쓴 책입니다.

읽어보면 아시겠지만, 제 글이 많은 젊은이들의 등대
그리고 북극성이 될 것이며 다들 저만큼만 살면 인생의
절반은 성공할 것… 이라고 하긴 힘듭니다. 속된 표현이
난무하고, 교훈을 주려는 흔적도 없습니다.

하지만 글 속에 (지나치게) 꼭꼭 숨은 제 마음만큼은
여러분과 손을 맞잡고 눈물을 죽죽 흘릴 만큼 깊고
깊습니다.

저는 집 회사 집 회사를 반복적으로 오가며
체력적으로도 힘들었지만, 가장 큰 문제는 회사가 제 세계의
전부가 된다는 것이었습니다. 따지고 보면 회사는 정말
협소한 세상인데 말이죠. 우리에겐 회사 말고 가족도 있고
친구도 있고 내가 잘할 수 있는 다른 일도 있습니다.
그런데 회사에 다닐수록 나에게 다른 세상도 열려
있다는 걸 잊게 되었습니다. 회사라는 작은 세상이
나에게 끼치는 영향력은 점점 막대해지고 그렇게 회사에
매몰되어가는 걸 느꼈습니다.

저는 '일기'를 쓰면서 회사가 제게 끼치는 영향력을
줄이려고 노력했습니다. 혼난 일은 희화화하고, 실수는
에피소드로 썼습니다. 아무래도 순탄한 회사 생활은 글로
쓰기에 재미가 없으니까요. 몸살로 끙끙거릴 때도 '이거
일기에 쓰면 재미있겠다'는 생각에 울다가 웃었습니다.
그러다 보니 좋은 일은 좋은 일대로 좋고, 나쁜 일은 글로 쓸

수 있으니 좋다는 '정신승리'에 이르게 되었습니다.

저는 계속 글을 쓰면서 이 성에 안 차는 회사에
매몰되지 않기 위해 아등바등 애쓰려고 합니다. 저와 비슷한
이유로 누군가는 퇴근 후에 음악을, 누군가는 운동을,
누군가는 독서모임을 하고 계시겠죠. 모두 직장인으로서의
삶과 온전한 자기 자신으로서의 삶 사이에서 균형을 잃지
않기 위함이라고 생각합니다.

여러분이 이런 마음에 공감해주시고, 또 책을 읽으며
소소하게 웃는 순간이 있다면, 이 일기는 소임을 다한 것이
아닐까 싶습니다.

이 책을 시작하며, 제 일기에 등장해주신 분들께 고마운
마음을 전합니다. 그분들 덕분에 재미있는 이야기들이
나올 수 있었습니다. 혹시 명예훼손으로 고소 및 고발이
필요하시면 출판사로 연락 부탁드립니다. 저한테 하진
마시고요.

누구보다 어머니 이재경 님과 아버지 최석기 님께
고맙다는 말씀 전합니다. 원산지 표기로 이 책을 시작하는
것 같아 보람차군요. 고맙습니다.

차례

3장

권태기 —— 쫄린다면 신입사원, 졸리다면 그냥 사원

4장

관성기 —— 이렇게 또 한 명의
천재가 빛을 잃어간다

지금 부딪히면 산재 처리 되나...

부디, 신참을
긍휼히 여기소서

1장 신입기

회의는 캥거루 싸움 구경

나는 신입사원이다. 대학에서 배운 게 광고홍보라
홍보대행사에 취직했다. 인턴으로 입사해 정규직으로
전환됐다. 다닌 지 3주 정도 지났다.

　홍보란 무릇 뭐 하는 건지는 잘 모르겠고, 하나 확실한
건 홍보를 하려면 말을 잘해야 한다는 것이다. 새삼스럽게
회사에 들어와서야 안 사실은 아니다. 대학생 때부터 알긴
했지만, 일찍 안다고 더 좋은 선택을 하게 되는 건 아니었다.

　나는 말을 잘 못함에도 홍보대행사에 들어왔다. 내
의사나 적성보다는 아무래도 뽑아주는 곳에 취직해야 했다.
어눌한 내가 홍보대행사에서 일하는 건 토끼가 사자 사이에
껴 '전국 어흥 자랑'에 참가하는 것과 비슷했다. 그러니까

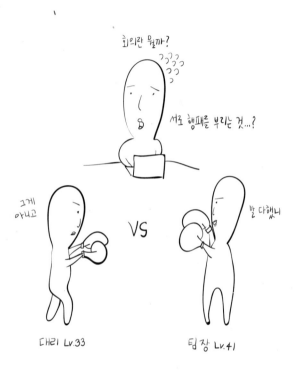

나는 작고 귀여운 찌끄레기였다.

내가 말을 잘 못하는 건 머릿속에 여러 명의 재판관이
있기 때문이다. 그들을 모두 통과해야 어떤 문장이든 입
밖에 꺼낼 수 있다. 도덕성 재판관, 심의 검열 재판관, 젠더
감수성 재판관, 분위기 파악 재판관, 기분 상했나 재판관,
저 사람이 방금 말을 끝냈고 이 사람도 할 말이 없어 내가
말하기 적절한 타이밍인가 재판관…. 엄격한 재판을
거쳐 겨우 몇 마디 뻥긋거리고 나면 다시 입을 떼기까지
쿨타임도 필요하다. 살기 피곤하다.

나는 회의 시간만이라도 말을 해보려 부단히 노력했다.
사회생활을 초장부터 조질 순 없다는 다급함이 있었다.
그래서 '일단 지르자!'고 마음먹었다. 하지만 사실 입사
3주 차 신입이 회의에서 할 말은 딱히 많지 않았다. 그저
팀장님과 대리님이 "이 아이디어 어떠니" "말도 안 되죠"
"말 다 했니" "그게 아니고" 하며 캥거루 싸움하듯 서로
펀치 펀치 날리는 걸 열심히 구경만 했다.
나는 팀장님 말에도 끄덕끄덕, 대리님 말에도 끄덕끄덕.
네 말도 맞고 네 말도 맞는다는 제스처를 한껏 취했다.

포용력이 거의 황희 정승급.

　문제는 이뿐만이 아니다. 나는 가지가지 하는 편이라 낯도 가린다. 점심시간에 식당에 가면 점원은 못 듣고 나만 들리게 주문을 하곤 한다.

　"제… 제가… 주문할까…('요'는 묵음)?" "여기 주문이(요)… 저기여… 즈…즈어기여…" "감사합니… ('다'는 묵음)"…

　맙소사. 너무 은밀해서 첩보원인 줄.

　저번 주에는 팀장님이랑 대리님이랑 나주곰탕을 먹었다. 그날도 나는 말없이 입은 숟가락을 넣을 때만 벌리며 참하게 밥을 먹고 있었다.

　대리님은 13년 차 팀장과 3주 차 신입 사이에서 공백을 메우기 위해 엄청나게 떠들었다. 잡지 기자 출신이라 그런지 아는 게 엄청 많았다. 거의 곰탕 먹는 위키피디아. 나는 리액션도 젬병이라 "음…" 혹은 "음!!" 정도의 반응으로만 거들 뿐이었다.

　나도 회의에서 씩씩하게 의견도 내고, 식당에서 주문도 착착 하고, 빵 터지는 리액션도 하고 싶다. 다른 팀 신입들은 잘하던데 우리 팀장님은 나를 막내로 들여 얼마나 속이 터질까…. 하지만 뭐… 다 자기 팔자 아닐까? 월급 200이 월급 500의 걱정까지 하진 않기로 했다.

회식은 시트콤

우리 팀은 세 명이다. 팀장님이랑 대리님이랑 나. 팀장님과 대리님은 같이 일한 지 2년이 넘어서 서로 많이 친하다. 둘이 같이 있으면 떠들기도 엄청 떠든다. 그래서 나는 들어온 지 한 달밖에 안 됐지만, 둘의 대화 방식을 벌써 파악했다.

그들은 주로 "아니~"로 말을 시작한다. 절대 서로에게 동조해주는 법이 없다. 탄수화물로 얻은 에너지의 8할을 서로에게 반대하는 데 쓴다. 가끔 자료 조사까지 하면서 싸우는데, 그 어떤 이유를 알 수 없는 열정을 서로에게 불태우는 모습이 보기 좋다.

어제도 팀 회식 자리에서 술을 먹는데 둘이 또
투닥거렸다. 토론 주제는 팀장님발 <회사에 정장 입고
다녀야 하는가>였다. 우리 회사는 복장 자유여서 다들
편하게 입고 다닌다. 그러다 갑작스럽게 고객사와의 미팅이
잡힐 때가 있는데 그럼 조금 곤란해지는 것이다. 얼마
전에도 팀장님이 러블리한 베이비 핑크 반팔 티를 입고
미팅에 나갔다가 무시당하는 느낌을 받았다고.

"고객사 만날 일도 많은데 나도 정장 입고 다닐까?"
"아니요, 팀장님. 정장 진짜 불편해요."
"아니 불편해두… 좀 있어 보이려면 입어야 하지
않을까?"
"아니 차라리 회사에 정장을 한 벌 갖다 두세요."
"나 이미 넥타이 세 개나 갖다 뒀어."
"넥타이만 있잖아요."
"아니 정장은 회사에 두면 구겨져."
"아니 그럼 평소에 옷을 점잖게 입고 다니세요. 분홍색
티 같은 거 입지 말고."
"싫어. 그럼 모든 옷을 엄청 신경 써서 골라야 하잖아."
"아니 맨날 정장 입는 것보단 낫죠. 정장은 돈도 많이

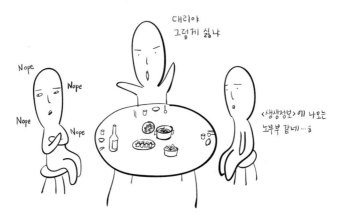

들어요."

"아냐, 한 다섯 벌 사두고 요일별로 입으면 되잖아."

"그리고 정장 입으면 아저씨 같아요."

"야! 내가 아무리 신경을 안 써도 아저씨 같겠냐?"

아저씨면서 아저씨 소리에 왜 울컥하는지 모르겠으나
팀장님의 목소리는 조금 떨리고 있었다. 결국 대화는 "내가
그렇다면 좀 그렇다고 해주면 안 돼?" "팀장님은 제 마음을
왜 그렇게 모르세요" 하는 100일 된 연인의 사랑싸움
같은 느낌으로 치달았다. 가끔 〈생생정보〉에 나오는
아웅다웅하며 사는 노부부를 보는 것 같아 즐거웠다.

회식이 끝나고 유일하게 "갈아 만든 배를 먹자"는
부분에서 의견 일치를 보고 편의점에 갔다. 갈아 만든
배를 찾다가 없어서, 탱크보이를 찾다가 그것도 없어서
그냥 나왔다. 각자 헤어지고 나서도 둘은 메신저로 한참을
아웅다웅했다. 손주들 재롱 보는 듯한 재미에 금방 집에 갈
수 있었다. 두 분 백년해로하시면 좋겠다.

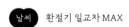
흥하는 것에 대한 고찰

우리 팀은 H공공기관의 홍보를 맡고 있다. 저번 주엔
H기관에서 행사가 있었다. 사회악을 없애자는 취지의
공익적인 행사였다. 우리는 행사 사진을 찍어서 H기관의
SNS에 올려야 했다. 대리님은 나랑 포토그래퍼를 데리고
행사장에 갔다.

　　행사장에선 이벤트 준비가 한창이었다. 이벤트에 대해
대강 설명하자면, 배우들이 할머니, 회사원, 학생, 아저씨
분장을 하고 격파를 하는 쇼였다(예…?). 그 어떤… 모든
사회 구성원들이 힘을 모아 사회악을 타파하는 상징적인
퍼포먼스랄까. 대리님은 그런 게 공공기관 취향이라고 했다.

배우와 기관 관계자 들은 진지하게 리허설에 임하고 있었다. 나도 대강 분위기를 살피며 짐짓 엄격한 표정을 지었다. 근데 계속 보고 있자니 뭔가 기분이 이상했다. 배우들 분장은 몇 퍼센트씩 부족해 흰 가발 아래 검은 머리카락이 보이고… 수염은 접착력이 약해 살랑거리고… 퍼포먼스는 야끼만두 속처럼 별게 없고… 그에 비해 카메라는 너무 많고… 과하게 많은 인력들이 멀뚱멀뚱 서 있고….

'이런 게 사회악을 없애는 데 도움이 되나?'

사원의 머리로는 기관 어른들의 마음을 헤아리기 어려웠다.

이 상황은 마치 유적지에서 '비니루'를 발굴하고 "이게 50년은 족히 썩은 비니룹니다!"라고 하자 다들 우르르 몰려와 인증샷을 남기고, <50년 묵은 비니루, 죠스 떡볶이 담았던 것으로 밝혀져>라고 대서특필하는 느낌이었다. 에, 그러니까, 행사가 뭣도 없는데 굉장히 부풀려진 것 같다는 말이다.

나는 왠지 이 별것 없는 행사가 '폭망'할 것 같다는

예감이 들었다. 포토그래퍼의 원망스러운 눈빛과… SNS에
올릴 게 없어 손가락을 쭉쭉 빠는 내 모습… 질책하는
팀장님… 또 '아니 그게 아니고' 하며 대드는 대리님… 뭐
그런 걸 상상했다. 그렇게 나의 우려 속에 행사가 시작됐다.

　　진행자가 낭랑하게 뭐라 뭐라 얘기를 했고, 학예회
같은 격파 퍼포먼스가 시작됐다. 그때 정말 마법 같은 일이
일어났다. 비닐루인지 학예회인지 모를 퍼포먼스를 몇십
대의 카메라가 찍기 시작하자 뭔가 그럴듯한 행사처럼
보이는 것이었다. 올해 하반기에 한 획을 그을 만한 일이
일어나는 느낌.

　　거기 모인 포토그래퍼들도 모두 프로였던지라 별것
아닌 행사를—대리님 말을 빌리자면—"최순실의 남겨진
신발 한 짝을 찍는 것처럼" 열띠게 찍었다. 지나가던
사람들도 카메라가 북적이는 걸 보곤 슬금슬금 모여들었다.
대부분 '뭔 일이여' 하고 와서 '별것 아니네' 하고 떠났다.
하지만 '뭔 일이여'에서 '별것 아니네'가 되는, 행사장
근처에서 어슬렁대는 1분 동안 또 다른 행인들이 와서
모였다. 그렇게 다수의 1분이 모여 행사를 정말 흥하는
것처럼 보이게 했다.

나는 그제야 H기관이 행사에 그렇게 많은 카메라를 부른 이유를 알았다. 흥하는 게 있어서 카메라가 모이는 게 아니라, 카메라가 모이면 흥하게 되는 것이었다. 나는 업계의 비밀을 알아낸 듯한 기쁨에 사로잡혔다. 나중에 포토그래퍼가 제작한 행사 스케치 영상을 봤는데 그건 더 그럴싸해 보였다. 야끼만두가 '비비고 왕교자'가 된 느낌이었다.

사원은 오늘도 이렇게 또 하나를 배웠다.

야플리 (야근 플레이 리스트)

우리 회사는 각 팀마다 다른 클라이언트를 맡고 있다. 각 팀의 업무량도 맡은 클라이언트의 일정에 따라 정해진다. A클라이언트가 행사랄지(랄) 기념식이랄지(랄) 하는 일이 많을 땐 A클라이언트를 맡은 팀이 바쁘고, B클라이언트가 할인이랄지(랄) 론칭이랄지(랄) 하는 일이 있으면 B클라이언트를 맡은 팀이 바쁘다. 그래서 야근하는 날이 팀마다 다르다.

이러한 야근 비평준화는 직장인들의 인성에 악영향을 미친다. 일찍 퇴근하는 팀은 눈썹을 살짝 치뜨고 볼을 혀로 부풀리며 야근하는 팀을 한껏 능멸한다. 야근하는 팀은 실핏줄이 우두둑 선 눈으로 쏘아보며 '그러고도 너의

C드라이브가 무사할 것 같으냐?' 하는 살인 예고를 한다.

알다시피 어느 회사도 그러지 않는다. 그럴 정신도
없다. 그냥 정신 차리면 다른 팀은 이미 없고 우리 팀만 남아
있다. 그런 날이면 팀장님은 고릿적 음악 취향을 향유하고
싶어 하신다.

"오? 우리밖에 없네? 노래 듣자, 대리야."
"뭐 틀어드릴까요?"
"왜 그런 거 있잖아. 좀 흥얼흥얼할 수 있는 거.
김정민… 김경호… 야다… 그런 거 있잖아."
"그걸 흥얼거리긴 힘드실 텐데요."
"그냥 좀 틀어봐앙."
되도록 비음은 섞지 않으시면 좋겠는데… 팀장님의
애교는 왠지 정색을 부른다.

대리님은 손쉽게 흥얼거릴 수 있는 김경호의 〈금지된
사랑〉을 재생하셨다.
"먼 훗나알ㄱ 우리이~~ 같은 나알ㄱ에 떠어
나아~~~."

누구 하나 죽어야 끝나던 세기말의 극단적 사랑….
팀장님과 대리님은 1980년생 남아들의 우심방을 터칭했던
후렴구를 쿵작쿵작 따라 불렀다. 그러고 있자니 대학생 때
늦게까지 팀 프로젝트를 했던 게 생각났다. 그때나 지금이나
노래를 흥얼거리며 젊고 여유로운 느낌을 주고자 했으나
그냥 망할 일이 안 끝나서 그러던 거였다.

"왜 안 부르세요?"
"고음에서 부를 거야."
"제가 부를 건데요."

(사이좋게 흥얼흥얼)

"우리 임창정 노래 같은 것 좀 듣자."
"지금 듣고 계신 게 임창정 노래예요."

팀장님의 야플리는 〈소주 한 잔〉을 거쳐 〈보고 싶다〉로
이어져 〈이미 슬픈 사랑〉에서 절정에 달했다. 대리님이랑
팀장님 다 노래를 잘하진 않는 것 같았다. 혹시 같이
노래방에 가도 혼자만 창피하진 않을 것 같았다. 다행이다.

062일 차

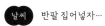 반팔 집어넣자…

오전 11시는 두려워

드라마 여주인공들은 장거리 통근을 했음에 틀림없다.
"오늘도 파이팅, 아자아자! >_<" 같은 멘트 없인 생활이
불가했던 걸 보면 말이다. 장거리 통근인에겐 이런 세뇌라도
필요하다.

나도 장거리 통근인이다. 새벽 6시에 일어나 아침을
위장에 얹듯이 먹고 6시 59분 당고개행 지하철을 타러 간다.
종점에서 출발하기 때문에 앉아서 갈 수 있다는 장점이
있다. 정말이지 엉덩이에 욕창 생길 때까지 앉아서 갈 수
있다. 지하철에서 졸도했다가 일어나면 혜화역 도착.

11시. 아침 먹은 지 다섯 시간이 지난 시점. 배에서

11시만 되면 꼬르륵거리는
고오마운 내 장기

꼬르륵 소리가 나기 시작한다. 내 꼬르륵 소리에는 그
어떤 특별함이 있다. 고등학생 때 짝꿍이 엎드려 자다가
내 꼬르륵 소리를 듣고 깨 "미닫이문 열린 줄 알았다"고 할
정도다.

누가 배고플 때 나는 소리를 '꼬르륵'이라고 표현했는지
모르겠지만, 내 위장의 사운드는 '꼬르륵' 같은 귀여성 있는
느낌이 아니다. 뭔가가 쏟아지는 '과르르-륵'이나 차가
퍼지는 '꾸우웅꾸르럭' 정도다. 나만 알고 싶은 내 인체의
신비를 사무실 사람들이 다 알까 봐 11시만 되면 일이 손에
잡히질 않는다.

꼬르륵 소리를 막기 위한 방법은 여러 가지다. 일단
물을 마신다. 그리고 배에 힘을 준다. 인형을 끌어안아
밖으로 새는 소리를 막아본다. 하지만 꼬르륵 소리는 위장을
울림통 삼아 몸 안에서 공명을 일으키기 때문에(그럴싸)
막아도 소용이 없다. 소리를 상쇄하려 '쿠울럭쿨럭'거리지만
헛기침 소리가 꼬르륵 소리에 화음을 넣어 조금 더
조화로워질 뿐이다. 최후의 방법으로 탕비실에 있는 커피
과자를 한 움큼 가져와 먹는데, 절대 닥치는 대로 쑤셔
넣으면 안 된다. 그러면 꼬르륵 소리 나서 먹는 거 티 나니까

'먹어도 그만 안 먹어도 그만인 과자를 맛이나 볼까'라는 느낌으로 조신하게 쑤셔 넣어야 한다. 아무도 나한테 신경 쓰지 않지만 난 남의 시선을 의식하는 타입이라 그렇다.

며칠 동안은 견과류 한 통을 가져다 놓고 꼬르륵 소리가 날 기미만 보여도 한 움큼씩 주워 먹었다. 그것 때문에 설사 겁나 했다. 언제쯤 눈치 안 보고 11시 40분쯤에 점심을 먹을 수 있을까. 대리 정도 되면 그럴 수 있지 않을까. 손꼽아 대리가 될 날을 기다려본다.

애환

우리 팀장님이랑 디자인 팀장님은 유부남이다. 두 분은
자주 이런저런 얘기를 나눈다. 둘이 꺄르르 웃고 있어서
무슨 얘긴가 들어보면 주로 유부남의 애환을 토로하고
있다. 아내한테 이래서 혼났다는 둥 우리 애가 저래서 못
쉬었다는 둥 회사 탕비실이 제일 편하다는 둥 껄껄. 삶의
고충도 희화화하는 모습이 역시 인생 선배다 싶었다.
팀장님들 얘기를 자주 듣다 보니 그들의 생활 패턴 몇
가지를 발견할 수 있었다.

#매주 하는 일이 같다

"주말에 아기 데리고 아파트 앞에 나가면 전부 애

아빠들이에요. 다 유모차 끌고 다녀."

"애 엄마가 나가라고 한 거지. '밖에 가서 산책이라도
좀 해요!' 이런 거지."

"응, 그래서 입던 러닝 그대로 입고 나와서 머리도
눌려서 눈도 풀려서 어기적어기적 걸어 다니는 거야. 약간
좀비처럼."

"근데 귀찮아서 멀리까지 나가진 않아. 집 앞만 왔다아-
갔다 하는 거야."

"저번 주에 그러고 있던 사람이 이번 주에도 그러고
있고."

(깔깔)

#아내 얘기로 공감대를 형성한다

"우리 부인은 취미로 뜨개질한다고 재료를 주문했는데
몇 번 하더니 머리가 아파서 못 하겠대요. 그래서 그거 침대
옆에 고대에-로 있잖아."

"뜨개질 같은 건 괜찮죠. 제 와이프는 요가 하겠다고
비싼 개인 레슨을 끊었어요."

"잘 하셨어요?"

"운동 자체를 끊었지."

으어어…

으어…

으어어어…

흔한
유부남 상사의
주말

"우리 아내는 요즘엔 발레 하고 싶다고 하더라고요."

"어? 우리 와이프도 발레 세 번 나가고 관뒀는데."

(깔깔)

게임에 집착한다

"저는 플스* 못 해본 지 1년은 된 거 같아요."

"앞으로도 못 하실 텐데. 그냥 기계 팔아버리세요."

"안 돼요오… 제 마지막 해방구예요… 그거마저 팔면
정말…. (울먹)"

"저는 아내가 잔다고 해서 '응 자~' 하고 돌아누워서
플스 하는데, 아내가 화면 빛 때문에 잠을 못 자겠다고!
그래서 이불 속에 들어가서 하는데 버튼 누르는 소리가
거슬린다고! 그래서 거실에 나가서 하려는데 어딜
나가냐고! 그래서 플스 하지도 못하고 끌어안고만
있었어요."

"분명 꿈에서 하셨을 거예요…."

(오열)

• 거치형 게임기 중 하나인 플레이스테이션의 준말.

어젠 회사 사람들이랑 프로필 사진을 찍으러 다 같이 스튜디오에 갔다. 근데 스튜디오에 플스가 있어서 두 분이 함께 〈피파〉*를 하셨다. 무지개 동산에서 뛰어놀아도 그렇게 행복할 순 없을 거다.

• 축구 게임. 이 게임을 잘하느냐 못하느냐에 따라 무리 내 서열이 정해지기도 한다.

나를 안절부절못하게
만드는 시민들

우리 회사는 멀다. 회사에 가려면 오이도역부터 혜화역까지,
4호선의 4분의 3 정도를 지나야 한다. 한 시간 반이 넘는
거리다. 매일 뜻밖의 여정을 떠나는 호빗이 되는 기분.
이렇게 지하철을 오래 타다 보면 정말 다양한 유형의
사람들을 볼 수 있다. 그중에서 아직도 기억에 남는
사람들이 있어 소개해볼까 한다.

#모임 참여형

　외국인 단체 관광객이나 MT 가는 신입생 등 '즐거운
다수'가 이 유형에 속한다. 이들은 몹시 하이텐션일 때가
많다. 약간 상기된 얼굴로 벅적하게 떠든다. 데시벨은 높지

않은 편이라 평소엔 지하철에 타든 말든 신경 쓰지 않는다.

  하지만 이들이 내 주위에 몰려들면 얘기가 좀 다르다.
이들은 주로 둥글게 모여서 얘기를 하는데 그 '둥글게'에
애먼 나까지 끼워 넣는 경우가 있다. 의도치 않게 그들의
모임에 참여한 나는 '너희와 모르는 사람'이라는 느낌을
주기 위해 담담하고 건조한 표정을 지으려 애쓴다. 괜히
창밖의 한강 물을 쳐다본다. 하지만 뚫린 귀로 이야기가
들리는 건 어쩔 수 없다. 듣고 있다 나도 모르게 "프-홉"
뿜으면 아차 싶어서 다른 웃긴 생각이 난 척한다. 한참
얘기를 듣다가 서울역쯤에서 그들이 내리면 어쩐지 외롭고
헛헛해지기도 한다.

  #영역 침범형
  아는 사람은 알다시피 지하철에도 VIP석이 있다. 의자
양 끝자리다. 한쪽이 막혀 있어 왠지 아늑하고, 기둥에
기대 잘 수도 있다. 나는 종점에서 지하철을 타기 때문에
뷔페처럼 자리를 골라 앉을 수 있다. 그날도 끝자리에 앉아
기둥에 기대 잠을 청했다. 한참 자다 깼는데 머리에 이상한
압박감이 느껴졌다. '모지…? 머리가 왜 무겁지?' 고개를

들려고 하는데 들어지지가 않았다.

　어떻게 된 거냐면, 어떤 아저씨가 기둥에 기대면서
엉덩이로 내 머리통을 살포시 깔아뭉갠 것이다. 내
머리카락은 치즈버거의 치즈처럼 아저씨의 엉덩이와 기둥
사이에 납작하게 끼어버렸다. 나는 자연스럽게 머리카락을
빼내려 했다. 하지만 그랬다간 머리카락이 기둥이 아니라
두피에서 빠질 것 같았다.

　계속 자는 척하며 생각했다.
　'이대로 목적지까지 갈까? 그러기엔 정수리에 느껴지는
푹신함이 너무 개 같다.'
　나는 대의를 위해 작은 희생을 해야 한다고 생각했다.
잠깐의 굴욕을 참자. 나는 속으로 '이-얍'을 외치며 머리로
아저씨 엉덩이를 힘껏 밀었다. 아저씨가 잠깐 움찔하는
사이에 머리카락을 구출했다. 그 뒤론 봉에 기대서 자지
않는다.

　#사회 분노형
──────────────────────────
이분들은 주로 밤 10시 이후에 뵐 수 있다. 주로 '내가

신입은 출퇴근만으로도 힘들어요

젊었을 때 이렇게 고생했다' 혹은 '요즘 사회가 엉망이다' 아니면 '너 이 씨, 꼬라지가 그게 뭐냐' 같은 얘기로 운을 뗀다. 이들은 혈중알코올 농도 0.1퍼센트 정도인 경우가 많은데 가끔 맨 정신인 분들도 있어 더 소름 돋는다.

　이들은 주로 불특정 다수를 상대로 얘기한다. 가끔 한 사람을 콕 집어 얘기하기도 하는데 그 한 사람이 나인 경우 굉장히 곤란해진다. 며칠 전에도 의도치 않게 대화 상대로 '픽'되어 어물어물 대답한 적이 있다.

　"자네… 슬리퍼는…(딸꾹) 슬리퍼는 화장실에서만 신는 거야…. 밖에 신고 나오는 게 아니야…."

　"예… 근데 이게 슬리퍼가 아니라 쪼린데…."

　"(대충 짜증 나는 표정)…대학생이야?"

　"졸업했는데요…."

　"어디 대학생이야?"

　"○○대…."

　"거기… 거기 친일파가 세운 데잖아…! 친일… 친일파!(번뜩) 이 개애새끼들… 그러면 돼에 안 돼? 어…?"

　"예 안 되죠…. 근데 제가 친일을 한 게 아니라…."

　"(싹둑) 빨갱이란 말이 왜 생긴 줄 알아? 어디서 생긴 줄 아냐고… 거거는…. (졸음)"

주변을 둘러보니 객실 안 사람들 모두 나의 탈출을
염원하고 있었다. 나는 용기를 내 아저씨가 조는 사이에
냅다 다른 칸으로 튀었다. 한숨 돌리는데 목이 너무 아파서
지하철 창문을 보니 목이 벌게져 있었다. 당황하면 목 **빡빡**
긁는 습관부터 고쳐야겠다.

이외에도 참 많은 분이 있었다. 부탁드리고 싶은 건,
욕이나 고성, 춤사위 및 기타 주정은 내 옆에서만 하지 말아
달라는 것이다. 나는 그런 걸 못 본 척할 만큼 야멸차지도
않고, 제지할 만큼 실천적이지도 않다. 그러니 3미터 정도만
떨어져주시길 부탁드린다. 부디 장거리 출퇴근만으로도
지치는 신입사원을 긍휼히 여기소서.

마당놀이

먼 옛날 우리 선조들은 시름을 잊기 위해 마당놀이를 했다. 마당놀이의 목적은 주로 윗분들 놀려먹기. 왕의 탈을 쓰고, 양반의 탈을 쓰고, 관료의 탈을 쓰고 여차하면 호머 심슨 흉내라도 내며 윗분들 체통을 구겨놓곤 했다.

현실에선 "마님, 오늘 하신 F/W 신상 비녀가 아주 잘 어울리십니다요" 하며 립 서비스를 털어야 하는 처지였지만 마당놀이에서만큼은 검지와 중지 사이에 엄지를 껴서 윗놈들 면상에 들이밀 수 있었다.

이렇듯 우리 민족은 해학과 풍자를 통해 현실의 시름을 잊었다. 그 피는 우리 팀장님과 대리님에게도 흘러, 고된 '을' 생활을 현대식 마당놀이로 달래곤 한다.

대행사에서 홍보를 기획하고 고객사와 소통하는 사람을 AE^Account Executive라고 한다(무슨 뜻인지 몰라서 네이버 지식백과 찾아봤다). AE에게 갑은 고객사다. 고객사가 까라면 까야 한다는 뜻에서 AE는 'A ㅏ … 이것도 제가 하나요? E ㅔ … 이것도 제가 하나요…?'의 약자라는 농담도 있다. 드럽게 '노잼'인 게 우리 대표님이 지어낸 것 같기도 하다. 아무튼 그만큼 대행사를 '시다바리'로 여기는 고객사가 많다는 뜻이다. 우리 팀장님과 대리님도 이로 인한 스트레스로 고혈압 등 성인병에 노출되어 있다. 하지만 해학과 풍자의 민족답게 소소한 상황극을 통해 처지를 희화화하곤 한다.

〈대행 극장〉
클라이언트 역: 대리님 / 대행사 역: 팀장님

대리님: 어어 요즘 그으 페이스북이란 게 뜬다지?
　　　　우리도 그거 한번 해보자구.
팀장님: 아 예, 그럼요 해야죠, 암요.
대리님: 그으 B급 유머인가? 그런 거 요즘
　　　　젊은이들이 좋아하더만. 그렇게 한번 해봐.

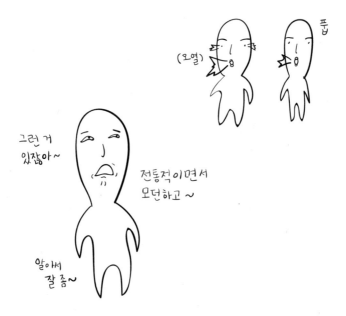

팀장님 : 예예 여부가 있겠습니까, B급으로
　　　　하겠습니다.

대리님 : 허어 요즘 페이스북에 올라오는 게 너무
　　　　대충대충인 거 아닌가? 거기 들어가는
　　　　도-온이 얼만데! 도-온이!

팀장님 : 아… 그게 대충 한 게 아니고… B급 유머가
　　　　원래 그런 콘셉트라서… 퀄리티는 좀
　　　　떨어지지만 웃긴 내용에 주력하는….

대리님 : 아아니 내가 재밌게 하랬지 언제 대애충
　　　　하랬나? 응? 이거 이렇게 말귀를 착착
　　　　못 알아들어서야 응? 그런 거 있잖아
　　　　재밌으면서도 유익하고, 어린 사람들이
　　　　좋아하지만 또 나이 먹은 사람도 좋아하고
　　　　그 디자인도 좀 화려어하면서도 심플하게
　　　　말이야 응? 좀 응? 샤아아-한 느낌으로.
　　　　크으 그 딱! 그런 거 있잖아. 알지? 아 그리고
　　　　요전에 내 인터뷰 신문에 난 것도 좀 늦고
　　　　말이야. 어렵지 않은 걸 이걸 말이야 그르-
　　　　케들 못 하나 그래!

팀장님 : 아 네네 샤아아…하고… 딱! 그런 느낌으로

네네 알겠습니다.

두 분의 연기 수준이 거의 빙의했다 할 만한데, 아마
상상 속에서라도 갑이 되고 싶으셨나 보다. 우리 다음 생엔
꼭 갑으로 태어나요.

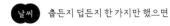
치킨회의

지난주에 우리 팀은 급하게 제안서를 써야 했다. 제안서를 쓰기 시작한 날이 지난주 수요일이었고, 마감이 이번 주 월요일이었다. 우리에게 주어진 시간은 워킹데이 기준 단 3일.

팀장님은 '수요일 제안서 방향 잡기 → 목요일 세부 내용 정하기 → 금요일 작성'이라는 자진모리장단처럼 휘몰아치는 계획을 세웠다. 내겐 그저 '수요일 야근-목요일 망할 야근-금요일 뒤지게 망할 야근'으로밖에 들리지 않았다.

그런데 우리 할머니가 옛날부터 기도도 많이 하시고

덕을 많이 쌓으셔서 그런지, 수요일 저녁 6시부터 회사의
모든 전기가 나간다는 공지가 떴다. 나는 '이것 참
유감이네요' 하는 표정으로 주섬주섬 가방을 쌌다. 그러나
우리의 총명한 팀장님은 곧 일할 방안을 찾아냈다.

　"치킨집 가서 회의하자."

　팀장님은 저녁도 먹고 회의도 하는 굿 솔루션이라고
생각하는 것 같았다. 하지만 나에겐 '하기 싫은데 해야
하니까 하는 척만 하고 하지 말자'란 완곡한 합리화로
들렸다. 대학생 때 막걸리집 가서 과제 하자는 애들이 딱
이런 유형이었다. 대학교에서 팀장님을 만났으면 상종도 안
했을 것을. 하지만 여긴 회사고, 나는 팀장님 말이면 무조건
따르겠다는 표정으로 진지하게 고개를 끄덕였다.

　'공짜 치킨 먹고 일찍 집에 가겠구나.'

　우리는 나름 가장 환해 보이는 치킨 가게에 들어갔다.
회의하는 구색을 갖추려고 이런저런 서류들을 꺼내났는데,
다 깔고 보니 그냥 흰 식탁보 같았다. 열띤 메뉴 선정 회의
후 맥주도 시킬 것인가 말 것인가 논의하다 결국 시켰다.
이제 제안서 얘기를 좀 해볼까 하는데 치킨이 나왔다.

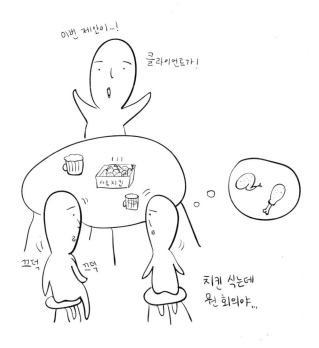

"일단 먹자."

일단 치킨을 먹기 시작했다. 그런데 나만 그런 게
아니고 다들 그렇듯이 치킨을 먹으면 '맛있다'와 '내가
다리 먹어도 되나' 말고는 다른 생각을 하기 힘들다. 아마
생체학적으로 그런 것 같다(물론 아니다). 나는 팀장님이
뭐라 뭐라 말할 때 열심히 끄덕거렸지만 사실 치킨이
맛있다는 스스로의 생각에 동의하고 있을 뿐이었다.

그렇게 제안서에 대한 관심은 맥주 거품처럼 꺼져갔다.

내가 대학생 때 우리 과는 유난히 팀플*이 많았다.
그래서 팀원들과 늦게까지 학교에 남아 과제를 하곤 했다.
그런데 새벽 2시쯤 되면 역병처럼 도는 증상이 있었다.
팀원들이 모든 아이디어에 동의하는 증상인데 어떤 구린
아이디어를 내든 "오… 좋은데? 괜찮네" 하는 반응을
보였다. 다들 지칠 대로 지쳐서 '아무튼 다 좋고 완벽하니까
야이 씨 좀 끝내자'라는 마음이 되는 것이다. 우린 이걸 팀플
요정이 왔다고 표현하곤 했다.

* 조를 이루어 과제를 하는 '팀 프로젝트'의 준말. 대학생들의 만병의
근원.

치킨집에서 회의를 한 날도 요정님이 다녀가신 게 분명했다. 만약 회의록을 썼다면 '응 맞아, 쩝쩝, 다 좋아, 치킨 맛있다, 쩝쩝, 그래 그걸로 하자' 같은 내용이었을 거다.

우리의 기름지고 바삭한 회의는 그렇게 끝났다. 그 후 일정을 간략히 설명하면, 2차로 곱창집에 가서 바깥 테이블에서 먹다가 너무 추워서 덜덜 떨면서 카페 가서 커피 마시고 집에 갔다. 다음 날 가방을 열어보니 카페 진동벨이 들어 있었다. 팀장님이 취해서 '수비니어'라고 가져가라고 챙겨준 게 떠올랐다. 후배로서 책임지고 팀장님의 잘못된 시민의식을 뿌리 뽑아야겠다 생각했다. 점심시간에 카페에 갖다 주고 왔는데 팀장님이 "돌려줬어? 뭐래?" 하고 물었다. 팀장님의 손목을 돌려버리면 되는 건가 싶었다.

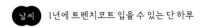
사무실이 살아 있다

우리 회사는 소수의 인원이 아등바등 일해서 굴러가는 곳이다. 사람이 적어 사무실이 넓고 쾌적하다는 장점이 있다. 자리도 듬성듬성 비어 있어서 야근할 때 굉장히 무섭다. 물론 그런 걸 떠나서 야근은 언제나 공포스러운 것이다. 아무튼 나는 사무실을 참 좋아하는데, 회사에 100일 정도 다니다 보니 사무실 물건들의 흥미로운 특징을 발견할 수 있었다. 그래서 준비한 이야기 주제는 '사무실이 살아 있다'.

#커피머신이 살아 있다

우리 회사 탕비실에는 캡슐 커피머신이 있다.

커피도 맨날 사 먹으려니 돈이 아까워 저 커피머신을 꼭 써보리라 벼르고 있었다. 이 부분에서 '그냥 쓰면 되지 뭘 벼르기까지'라고 생각할지도 모르겠다. 하지만 나는 뭔가를 할 때 매우 주저하는 편이다. 팀장님이 서류 봉투를 붙여서 퀵으로 보내라고 하면 봉투를 딱풀로 붙일까 물풀로 붙일까 고민하다 결국 테이프로 붙이고 아 그냥 풀로 붙일 걸 하고 탄식할 정도다. 그래서 혹시 사용법도 모르는 커피머신을 잘못 썼다가 우당탕탕 하면 어쩌지 하고 주저하고 있었다.

그러던 어느 날, 얼마 없는 직원이 더 없던 어느 오후. 바로 지금 커피머신을 써야겠다는 생각이 들었다. 나는 조심스레 탕비실로 향했다. 물을 붓고… 어떻게 어떻게 캡슐도 집어넣고… 이건가 저건가 하다 드디어 작동 버튼을 눌렀다. 그런데…

"그아아아아아아아아아아아아아와아아와아아아악."

와아… 나는 놀라서 두 손으로 커피머신을 붙잡았다. 우는 애한테 그러듯이 "쵸용히 해애 쵸용히 하라고" 하고 속삭였다. 그악스러운 커피망신, 아니 머신은 곧 멈출 듯

심약하게 쿠흘럭거렸다.

"그래 나 커피 안 마셔도 돼… 다신 안 할게 제발
그만…."

"그아아아와와아아아아아아아이이이이아아악."

커피머신은 언제 콜록거렸냐는 듯 또 한바탕 쏟아냈다.
야이 씨.

커피머신이 피 토하듯 쏟아낸 커피를 부들거리는
손으로 꺼내 들었다. 쭈뼛거리면서 회사 사람들 눈치를
봤는데 아무도 신경 안 쓰더라. 역시 눈치는 나 혼자 보는
거였다.

#복합기가 살아 있다.

복합기는 이름부터 어딘가 대충이다. 인쇄도 되고
복사도 되고 스캔도 되고 그냥 다 복합적으로 돼서
복합기라는 건데, 그러면 냉장도 되고 냉동도 되는 냉장고도
복합기고 물도 나오고 얼음도 나오는 정수기도 복합기고,
먹기도 하고 싸기도 하는 나도 복합기겠다.

아무튼 화가 난 건 아니고, 복합기의 이름을 붙인 누군가의 쿨함에 잠시 어쩔했을 뿐이다. 사실 나는 복합기에게 굉장히 고마워하고 있다. 내가 입사할 때부터 꾸준히 "잉크가 부족합니다"라는 경고 메시지가 떴는데 3개월째 노벨 복사상을 줄 만큼 잘 뽑히고 있기 때문이다. 100장짜리 제안서를 컬러로 막 뽑아대는데도 어느 잉크가 부족한지 알 수도 없을 만큼 선명하게 나온다. 복합기의 살신성인을 보고 있자면, 없다 없다 하면서도 자식새끼가 보채면 학원비고 용돈이고 다 내어주는 우리 어머니 같은 느낌이 든다. 그런 생각이 든 후부터는 잉크 부족 메시지를 볼 때마다 좌심방이 약간 아려온다.

#엑셀이 살아 있다

엑셀. 직장인의 영혼의 단짝. 분명 몇백 명분의 데이터를 일일이 분류하던 직장인이 '내가 이걸 왜 해야 하지'라는 생각에 '일일이 하면 개 같은 것들 리스트'를 만들어 그 모든 기능을 반영해 만든 게 엑셀일 것이다. 그런 기능 중 하나가 '자동완성'이다. 주인의 수고로움을 덜어주는 기특한 녀석인데 가끔 손발 안 맞는 후배처럼 굴 때가 있다. 예를 들어,

— 아 '실용서적'이라고 쳐야지. '실….'

— 주인님! '실내비품'을 치려고 하시는군요?

— 웅? 아니야 그거 아니야.

— 아 주인님! '실수익'이죠? 맞죠?!

— 아니 가만히 있어봐 실용….

— 아!! 완전히 알았어요!! '실용학문'이구나!! 네?! 이거죠??!!

— …그냥 내가 다 칠게….

같은 경우다. 후배가 이러면되게 짜증 나겠다 생각하다 문득 대리님이 왜 항상 짜증 나 있는지 알게 돼버렸다.

#정수기가 살아 있다

군대에는 '짬타이거'라는 게 있다. '짬'은 별로 좋은 말은 아니지만, 짬타이거의 뜻만 좀 설명해보자면, 군부대에 어슬렁거린 세월이 웬만한 일병보다 오래된 고위급 고양이를 말한다. 우리 사무실에도 이와 같은 존재가 있는데 바로 얼음 정수기다. 나보다 사무실에 오래 있었고 심지어 나보다 일도 잘한다. 짬정수기 님이 얼음을 만드시느라 가끔 까드득까드득하는 소리를 내시는데 '내가 너보다 생산적인 일을 하고 있다 신입 나부랭이야'라고 말하는 것 같아 종종

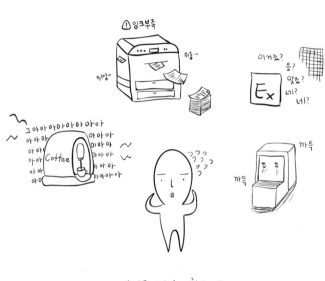

신입은 정수기한테도
놀림당한다...

시무룩해지곤 한다.

　　정수기는 가끔 무료하다 싶으면 뜨거운 물 나올 곳에서
찬물을 내보낸다. 찬물 부은 컵라면을 망연히 들고 있자면
정수기가 나를 농락한다고밖에 생각할 수 없다. 왜 또
이러지… 하며 이것저것 누르다 보면 정수기 주제에 인간이
저 하나 때문에 쩔쩔매는 걸 즐기고 있다는 망상이 든다.
역시 인공지능의 시대는 도래해선 안 된다.

2장 파악기

초심 같은 건
전학년 교과서처럼
불필요한 게 아닐까

118일 차

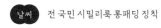 전 국민 시밀리룩 롱패딩 징착

대리님과 야근어택

우리 팀은 H기관의 SNS 채널에 올라갈 콘텐츠를 만든다.
나랑 대리님이랑 일주일에 여덟 개 정도 만드는데 공장제
가내수공업 같은 느낌이다. 사람 손으로 만들지만 기계가
찍어낸 것 같은 천편일률적이고 개성 없는 내용을 자랑하기
때문이다.

　월요일에서 수요일까지 콘텐츠를 만들어서 목요일에
클라이언트에게 컨펌을 받는다. 근데 이번 주엔 제안서를
쓰느라 월요일, 화요일에 콘텐츠를 하나도 못 만들었다.
화요일 6시, 퇴근하려는 나를 붙잡고 대리님이 "콘텐츠는
언제 만들 것인가" 물었다. 생각해보니 그대로 집에 가면

다음 날 콘텐츠 네 개를 만들어야 했다. 하지만 "어이쿠 그죠 만들고 가야겠다" 하고 후딱 다시 앉으면 왠지 무계획하고 무능력해 보일 것 같아서, "내일"이라고 답하고 바람처럼 자리를 떴다. 내가 생각해도 대단히 멋졌다.

대망의 다음 날. 만약 할 일이 머리 위에 게이지로 표시된다면 그날 나의 일 게이지는 수르트* 대가리처럼 펑펑 터졌을 것이다. 믿고 싶지 않게도 다른 일을 하느라 콘텐츠를 1도 못 만들고 6시가 되었다. 내가 콘텐츠 하나를 만들려면 최소 세 시간이 걸리는데 그럼 난 열두 시간 후에 집에 갈 수 있었다. 너무 신나잖아….

나는 '집에 가서 밤을 새우자'고 생각했다. 하지만 대리님은 콘텐츠를 다 만들기 전까지 나를 회사 밖으로 내보낼 생각이 없어 보였다. 대리님의 표정은 사도 세자를 뒤주에 가둔 영조처럼 지엄하기 짝이 없었다. 그날 정말 뒤주에 갇힌 듯 뒤지게 포토샵을 했다.

* 북유럽 신화에 나오는 불의 악마. 영화 〈토르: 라그나로크〉에도 등장.

대리님 퇴파할 때
뒤주에 갇힌 듯
뒤지게 야근을
했던 밤... 🌙

그렇게 대리님과 '야근어택'이 시작됐다. 대리님은
"후배를 사무실에 홀로 두고 갈 수 없다"며 옆에서 〈피파〉를
하기 시작했다. 전에 인스타그램에서 〈사이코패스 테스트
4점 만점에 3.5점 나왔다〉는 제목으로 알로에 화분에
알로에 주스 부어주는 사진을 본 적이 있는데 대리님을
보는 기분이 그때와 약간 비슷했다. 정말 날 위해 저러는
걸까…. 역지사지가 정말 요만큼도 안 되는 건가….

나는 대리님을 집에 보내야겠다는 집념으로 거의
울면서 포토샵을 했다. 사실 디자인이라는 게 개체를
여기 뒀다가 저기 뒀다가, 이 색도 썼다가 저 색도 썼다가,
명조체도 썼다가 나눔스퀘어도 썼다가 하는 과정인데
시간이 없으니 그럴 수가 없었다. 마우스로 맨 처음 놓은
자리가 그 개체의 자리고, 색상환에서 제일 처음 찍은 색이
개체의 색이 됐다. 폰트는 무조건 배달의민족 도현체.
　하다 보니 이런 느낌이 낯설지 않았다. 대학생 때
과제를 할 때도 이런 식이었다. 교수가 허용하는 가장
저퀄리티로, 한번 쓴 문장은 절대 고치지 않고, 끝낸
페이지는 다시 돌아보지 않았다. 아 역시 인간은 고쳐 쓸 수
없어.

포토샵을 하면서 알게 된 사실, 한 시간에 콘텐츠를 하나씩 뽑아내다 보면 잡념이 없어진다. 내가 템플스테이 가서 108배를 한 적이 있는데 그때보다 훨씬 효과가 좋았다. 불경스럽지만 정말이다. 부처를 넘어선 그 어떤 초월적인 힘으로 밤 12시 전에 포토샵을 끝내고, 역으로 대리님이 〈피파〉 다할 때까지 기다렸다. 집에 가면서 〈피파〉가 개새끼인지 대리님이 개새끼인지 곰곰이 생각했다.

〈피파〉가 싫어요

나는 회사에서 말을 많이 하지 않는다. 평소엔 과묵하고
입을 열면 어눌한, 홍보대행사에서 절대 뽑으면 안 되는
신입 캐릭터를 4개월째 적립해가는 중이다. 내 과묵함이
돋보이는 때는 단연 점심시간이다.

"손흥민 골 넣었더라"로 시작되는 팀장님과 대리님의
대화가 이어지는 동안 나는 "음" "으음" 하며 생후 7개월
된 아기 이유식 음미하는 소리만 낸다. 화두가 EPL로까지
넘어가면 나는 꽤나 무료해져서 추임새를 넣는 것도 관두고
다른 테이블에서 뭐 재미있는 얘기 안 하나 귀를 기울이곤
한다.

어쩌다 할 말이 생각나도 '이 얘기를 굳이… 지금…
꺼내야 하는가'를 꽤 오랫동안 생각하다 타이밍을 놓쳐
말하지 않을 때가 많다. 주인의 사회성 저하를 우려하는
내 자아가 '그래! 지금 생각난 거 그거! 말해 짜씩아!'라고
떠밀어야 꽉 잠긴 목소리로 겨우 몇 마디 한다. 그렇게
말해도 팀장님과 대리님의 반응은 '흐…' 정도였기 때문에
자아까지 나서서 용기를 낼 필요가 없던 날들이었다.

나는 스스로가 입만 열면 '핵노잼'이며 사회성이
바닥이라는 사실에 적응해갔다. 그러던 어느 날, 대리님은
외근으로 팀장님은 숙취로 점심을 같이 먹지 못하게 됐다.
나는 옆 팀에 껴서 점심을 먹으러 갔다. 옆 팀은 팀원이 다섯
명이고 모두 여자다. 그녀들은 매운 치즈 떡볶이를 먹으러
가자고 했다.

매운 떡볶이. 위에 치즈.
입사 이래 단 한 번도 먹어보지 못한 점심 메뉴였다.
우리 팀의 점심 메뉴 라인업은 순대국밥, 칼국수, 백반,
부대찌개에서 벗어난 적이 없었다. 나는 떨리는 마음으로
떡볶이를 주문했다. 떡볶이가 나오길 기다리는 그녀들의

표정은 마치 그 옛날 '캔모아'에서 그네 의자를 타며 과일 빙수가 나오길 기다리는 여중생의 그것과 같았다. 그녀들은 설레는 눈동자를 하고 수다를 떨기 시작했다.

"대리님 네일 예쁘게 됐다, 그거 뭐예요? 젤네일이에요?"

"아 이거 친구가 해준 거야. 아모레에서 브이아이피 선물로 네일 키트 받았다고 해줬어."

"진짜요? 너무 예뻐요오."

"요즘에는 손톱 굽는 기계 없어도 다들 이만큼 할 수 있을걸?"

"맞아요, 요즘 매니큐어가 잘 나오니까."

"내가 어제 올리브영에서 산 거 있는데 그거 브랜드 알려줄게."

"오, 네네 좋아요. 꺄."

네일… 젤… 아모레… 올리브영….

손흥민과 프리미어리그 얘기만 듣던 내게 그녀들의 대화는 촉촉한 단비 같은 것이었다. 나는 고국에 돌아온 유랑민의 심정이 되어 신나게 같이 떠들었다. 떡볶이를

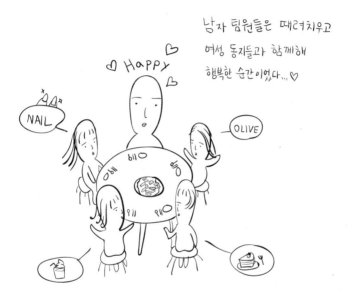

남자 팀원들은 때려치우고
여성 동지들과 함께해
행복한 순간이었다... ♡

클리어한 다음엔 회사 뒤에 있는 카페에 가서 바나나 블루베리 셰이크와 초코 케이크를 먹었다. 꾸덕꾸덕한 초코 케이크를 크게 베어 물며 생각했다. 그래 내 사회성은 온전하다. 그저 누구라도 점심시간 내내 〈피파〉와 에펨코리아 얘기만 듣다 보면 입을 다물 수밖에 없는 것이다. 남자 팀원들은 때려치우고 여성 동지들과 함께해 행복한 순간이었다.

혹시 회사에서 '나는 왜 이 모양일까' 하는 생각이 든다면 내가 아니라 회사가 왜 이 모양인지 먼저 생각해보기로 했다. 지금까지 잘 살아왔는데 갑자기 뭔가 잘못되었다면 아무래도 내 잘못이 아닐 확률이 높다는 걸 깨달았으므로.

144일 차

 겨울이 X끼야 적당히 추워

다른 종족

나는 특정 부류의 사람들을 무서워한다. 선생님류, 지나친
하이텐션류, 상사류, 미용실 종사자류, 그리고… 그리고
디자이너류. 디자이너를 무서워하는 건 일종의 경외감이다.
네안데르탈인이 자연의 어마어마한 능력과 이해 불가함에
두려움을 느꼈던 것처럼, 나도 디자이너의 어마어마한
능력과 이해 불가함에 좀처럼 다가갈 수가 없다.

　내가 인턴을 할 때도 디자이너가 있었다. 말이
없고… 밥을 먹으면서도 동시에 일을 하고… 늦게 퇴근
하고… 주로 피곤하고… 표정 없는 얼굴로 윤곽을 따고…
그런 인고의 세월과 끈기 있는 엉덩이로 결국 무언가를

창조해내는 사람이었다. 실로 다른 종자의 사람이라고밖에
생각할 수 없었다.

당시 나는 기획 업무를 맡았다. 내가 기획한 걸
디자이너에게 제작해달라고 요청해야 했다. 예컨대 내
제작 요청은 주로 이런 방식이었다. 졸라맨을 그려서 일단
보여준다.

"이… 사람을 이렇게… 이 모양으로 제작해주세요…."
"춤추고 있는 건가요?"
"아니요. 다리 꼬고 있는 건데…."
"아…."

디자이너님은 이런 비루한 가이드도 찰떡같이
알아듣곤 하셨다. 기획자도 이해 못 한 기획으로 결과물을
만들어내는 장관은 실로 감동적이었다. '저분의 금손과 내
팔 끝에 달려 있는 것은 과연 같은 신체 기관이라고 할 수
있을까…'라는 생각을 하며 다섯 갈래로 갈라진 살덩어리로
눈물을 훔쳤다.

지금도 같이 일하는 디자이너가 있다. 안경을 쓰고 초록 니트를 입고 노인처럼 사무실을 어슬렁거린다. 그냥 노인이 아니라 방망이 깎는 노인 같은 건데 어떤 썩은 기획을 가져가도 매끌매끌한 방망이처럼 잘 다듬어놓는다. 내가 '우와 우와' 하고 있으면 "너도 배우면 다 할 수 있다"고 말한다. 마치 야오밍*이 "너도 우유 먹으면 더 클 수 있다"고 하는 것처럼 현실성이 없다.

　　처음엔 그런 경외심에 경계를 했지만 왠지 우리 회사 디자이너는 별로 무섭지가 않았다. 나와 다른 손을 가졌지만 그래도 많은 잡담과 장난을 나누며 완전히 다른 종족은 아니라는 동질감을 느낄 수 있었다. 얼마 전엔 내가 인포그래픽 기획을 맡아 그분과 처음으로 사무적인 대화를 나누게 되었다.

　　"제가 보낸 기획안 보셨어요?"
　　"아, 봤는데 사진을 주기 전에 원하는 '톤앤매너'랑

* 키 229센티에 육박하는 중국 농구 선수. 장신 개그우먼 장도연이 스스로를 비유할 때 주로 언급함.

목업…
레이아웃…
타이포…
레퍼런스…
dpi…
그리드…

" 디자이너 앞에서
신입은 0개 국어"

콘셉트가 뭔지 레퍼런스를 첨부해줘야지."

"?" (뭐?)

"?" (뭐.)

"음… 매너요? 레퍼? …예?"

"그래애 톤앤매너어- 레퍼런스으."

"?" (순수하고 결백한 눈빛)

"…그러니까 이미지의 분위기나 구성을 어떻게 할지
참고할 사진을 몇 개 달라고요."

"아 분위기-이, 사지인!"

"으웅."

"…?" (그건 님이 하실 일 아닌가요.)

"…." (응 아니야).

"으흠, 아, 그러니까… 저는 분위기가 좀 이륵께
샤아아하고 막 파스텔 같은 그런 느낌이면 좋겠어요. 필터
쓴 것 같이 쌰아아아(강조)한 그런 거 뭔지 아시죠?"

"…." (아니 몰라.)

"아니 왜 아시죠, 그 너무 째애앵하지 않으면서 쇠아한
그런 거. 약간 뿌연 느낌인데 뿌옇지는 않고 그…."

"(포기) 이미지 콘셉트는 내가 알아서 할 테니까
레이아웃만 다시 잡아줘요. 목업에 얹어주는 거 맞죠?"

"목업요? 그게 뭔데요…?"

"자, 하아, 그러니까 이미지가 웹에서 실제로 보여지는 것처럼 제작해주는 거 맞냐고요."

"아아 네네! 진작 그렇게 말씀하시지."

"하….."

노련한 방망이 깎는 노인은 노려언-하지만 거진 알아들을 수 없는 말솜씨로 나를 돌려보냈다. 나는 참 한때라도 디자이너와 내가 한 종족이라고 생각했던 게 멍청하게 느껴졌다. 디자이너는 손만 다른 게 아니라 쓰는 언어도 달랐다.

나중에 디자이너 친구에게 이 얘기를 해줬는데, 친구의 눈에서 나를 향한 경멸과 멸시를 읽을 수 있었다. 다들 나를 타산지석 삼아 디자이너와 좋은 대화 나누시길 바란다.

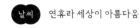
후들후들 수료식

대학생 때 대외 활동으로 기자단을 한 적이 있다. 그때 '기업들이 죄 기자단이니 서포터즈니 하면서 돈 몇 푼 주고 대학생들을 착취한다'고 욕을 욕을 했었다. 그런데 그걸 내가 운영하게 될 줄이야! 세상일이란 이런 것일까.

나는 입사하자마자 H기관의 대학생 기자단 운영을 맡았다. 대학생들에게 세상 득 되는 일인 척 약을 팔아가며 운영했다. 이제 연말이 되어 기자단 활동이 끝나고 지난주에 수료식을 했다.

대학생 기자단을 운영해보니 클라이언트와 대학생을 상대하는 건 조금 다르다는 걸 알게 됐다. 클라이언트에겐

'예예 분부대로 합죠' 하는 저자세로 일관하면 되지만, 대학생에겐 '우리가 너네한테 돈을 주는데!' 하는 채찍과 '그렇다고 때려치울 것까진 없잖아…' 하는 빌빌거림을 적당히 혼용해야 한다. 대학생에게 기자단은 직장이 아니고 그들은 여차하면 관둘 수 있는 패기가 있기 때문에 나는 그 여차를 막기 위해 잔대가리를 굴려야 했다.

기자단의 역할은 H기관 SNS에 올라갈 기사와 영상을 만드는 일이었다. 결과물은 크게 나쁘지 않았다. 가끔 기자단 학생들이 어느 블로그에서 긁어 와 어미만 바꾼(그 어미조차 제대로 바꾸지 않아 "했어요"와 "했다"가 섞인) 기사를 제출할 때 빼곤 괜찮았다. 물론 제작한 영상의 텍스트가 〈인기가요〉 카메라 워킹처럼 정신없이 날아오고 이펙트가 좌상향에서 번쩍 우하향에서 번쩍하기도 했지만 그것 말곤 정말 괜찮았다. 강사를 초빙한 날 여덟 명이 지각해 두 명을 앉혀놓고 강의를 하기도 했지만 뭐 그것 말곤 괜찮….

안 괜찮은 6개월이 지나 드디어 수료식 날이 밝았다. 나는 삼각산이 일어나 더덩실 춤이라도 출 만큼 홀가분한

기분이었다. 기자단 학생들이 잘 참석하는지 확인만 하면
내 역할은 끝이었다. 그리고 많은 분들의 예상대로 나는 그
쉬운 일을 해내지 못하는데….

수료식 시간이 가까워지자 세상 모든 불행이 기자단
학생들에게 닥쳐 지각자가 속출했다. 친척분의 갑작스러운
병환부터 핸드폰 분실까지 지각 사유도 아주 겹치지도 않게
다채로웠다. 두 학생만이 제시간에 도착했고 나는 조금
울컥하는 심정이 되었다.

수료자보다 관계자가 두 배 더 많은 수료식이 시작됐다.
포토그래퍼가 사진에라도 학생이 많아 보이도록 나보고
학생 자리에 앉으라고 했다. 덕분에 나는 좌 클라이언트 우
상사를 거느리고 팔자 좋게 수료식을 관람했다.

어찌 됐건 모든 일의 마무리가 그렇듯 우리의 수료식도
'좋은 경험이었습니다'와 '수고하셨습니다' 같은 훈훈함을
향해 나아가고 있었다. 모두 '제발 끝이라도 아름답게
포장해 기억을 미화하자'는 마음인 듯했다. 기자단 학생들도
돌아가며 기자단을 마친 소감을 전했다.

함께해서 미안했고…
다신 보지 말자…

"아 좋은 경험이었고, 좋은 분들 만나서 즐거웠습니다!"

"저도 재미있게 했고, 기억에 많이 남을 것 같아요."

"저는… 음 끝나는 자리니 쓴소리 좀 하겠습니다."

웅? 나는 무언가가 잘못 흘러감을 느꼈다.

"기관의 SNS 운영 제1원칙은 기관장의 무관심입니다.
저희가 만든 콘텐츠가 이해가 안 되시더라도 요즘
젊은이들은 이렇게 생각하는구나 하고 이해해주시면
좋았을 것 같고… 그리고 기자단 담당자님도…."

무슨 말을 하려는 것이든 저 입을 틀어막아야 할 것
같았다.

"모임에 너무 늦었다고 너무 뭐라고 하시고, 과제물
점수도 마음대로 주시고… 그런 점이 좀 아쉬웠습니다."

나는 측두엽에 싱크홀이 생긴 것처럼 할 말을 잃었다.
그래… 내가 그런 적이 있었지… 정말 바른말을 하는…
용감한 친구구나… 그래… 내가 잘못했지 암… 근데 지금
여기 클라이언트가 있고… 내 상사도 있는데 굳이 여기서…

나한테… 응? '빅엿'을… 응? 내가 그렇게 잘못했나…?
아니야… 그래도 저 친구 입장에선 그럴 수 있지… 친구…?
나보다 저분이 나이가 많은데…? 나는 어린 나이에 이렇게
고생을 하는데 쟤들은 대학생의 허울을 쓰고 저렇게…
아니야… 지금 어리다고 봐주길 바라는 거니…? 응… 좀
봐주지… 아니야… 나도 다음부터 잘하면 되지… 근데 내게
다음이 있을까…?

　　나는 두 인격의 다툼 속으로 침전하는 기분이었다.
그날 뒤풀이는 어떻게 지나갔는지 기억이 흐릿하다. 고기를
구우며 많이 드세요… 제가 구울게요… 수고하셨어요…
같은 말들을 했던 기억이 난다. 기자단 여러분… 함께해서
미안했고 다신 보지 말자….

189일 차

 추위가 재난급

홍철 없는 홍철팀[•]

우리 팀 클라이언트 중에 출판사가 하나 있다. 그
출판사에서 얼마 전에 마케팅 책을 출판했다. 그 책을
홍보하기 위해 우리 팀에서 저자를 모시고 마케팅 강연을
진행하게 됐다. 강연 참가자는 소수 정예로 딱 열 명만
받기로 했다. 참가자가 너무 많으면 어떡하나 이것 참
난감해하고 있었는데 신청자가 네 명뿐이어서 곤란함이 싹!
가셨다. 마케팅 강연이 마케팅이 안 돼서 신청자가 없다니…
홍철 없는 홍철팀만큼 의미심장했다.

• TV 예능 프로그램이었던 〈무한도전〉에서 유래해 유행한 표현으로,
중요한 대상이 빠졌을 때 쓰인다.

이럴 때 위기를 면하는 좋은 수단은 바로 인맥이다. 팀장님은 인자한 얼굴로 내게 말했다.

"빵떡이 광고홍보학과 나왔으니까 주변에 마케팅 강연 좋아하는 사람 많지? 공짜로 보여준다고 하고 좀 이렇게 좀 오라고 해봐아? 응?"

논리적인 듯하면서 아무 논리가 없었다. 하지만 나는 저 "해 → 봐 ㄱ 아?"의 악센트가 너무 무서웠다. 눈썹까지 살짝 치뜨며 "해애 → 봐아 ㄱ 아?"라고 하면 정말 어떻게든 해야 할 것 같은 조급함이 드는 것이다.

그날 오후 내내 우정을 팔아가며 지인들을 섭외했다. 수많은 '안 사요'가 돌아왔고 그럴 때마다 팀장님의 "해 → 봐 ㄱ 아?"를 떠올리며 이 악물고 살길을 찾았다. 애걸복걸의 결과 네 명의 지인과 우리 회사 인턴들이 참여하게 되었다. 그렇게 빵떡씨 지인 파티가 개최됐다.

지인 파티는 논현동 카페에서 열렸다. 나는 회사에서 팀장님 차를 타고 출발했다. 그런데 카페에 다 와갈 때쯤

신사역 사거리에서 러시아워에 걸렸다. 20분 동안 15미터를
가는데 정말 문명의 이기가 그렇게 1도 쓸모없어 보일 수가
없었다. 팀장님은 위기 상황에서도 당황하지 않는 노련한
모습을 견지하고자 하셨지만 뜻대로 되지 않았다.

　　"하아 이거… 빵떡이라도 뛰어서 가야 하나…?"

　　나는 6개월 차 사원의 눈치로 팀장님의 말이 불순물
1도 없는 100퍼센트 진심이라는 걸 알 수 있었다.

　　"제… 제가 뛰어서 가보겠슴다…!"
　　"아하이 참, 위험한데에…."

　　하면서도 그는 날 잡지 않았고 난 8차선 도로를
듬성듬성 뛰기 시작했다. 지나가는 차에 살짝 부딪혀 산재를
신청할까 하는 영특한 생각을 하다 보니 도로 건너편에
도착했다.
　　그렇게 겨우 제시간에 강연 장소에 도착했다. 카페
입구에서 마블 퓨처파이트*를 하는 아저씨를 지나
호다닥 클라이언트에게 달려갔다. 그녀의 안색을 살핀 후

지금 부딪히면 산재 처리 되나...

러시아워가 어쩌구 8차선이 어쩌구 주절거리며 충성심을
열심히 어필했다. 충성 충성 하다 보니 팀장님과 지인들이
속속 도착했다. 7시가 조금 넘어 참석자가 모두 도착했다.
그러자 카페 입구에 있던 마블 퓨처파이트 아저씨가 무대로
나가 심드렁한 표정으로 마이크를 잡았다. 아… 저분이
강사구나… 강사님은 강연을 시작했다.

"아아, 에 저는 사실 이 강연이 뭐 하는 건지… 누가
오는 건지… 잘 모르고 왔어요…."

에? 그럼 왜 오셨나요…?

"그냥 불러서 왔는데… 예 뭐… 아무튼 강연
시작해보겠습니다."

아무튼 강연은 시작됐다. 강사는 강연을 하고자 하는
의욕이 전혀 없었다. 시종일관 햄버거 먹고 싶은데 버섯전골

• 마블 유니버스 히어로가 캐릭터로 나오는 액션 롤플레잉 게임.

집에 끌려온 아이 같은 표정을 짓고 있었다. 준비해 온 PPT는 폰트가 깨져 글자들이 화면 밖으로 탈출했다. 본인도 강연이 지루한지 하품을 멈추지 않았다. 충격적인 퀄리티의 강연에 내 카톡은 지인들의 불만으로 민원 접수처가 돼 있었다.

— 《타임》지가 선정한 올해의 쓸모없는 강연 1위로 손색이 없다.
— 너무 충격적이어서 기사로 써도 되겠다. 〈충격 또 충격! 귀찮은 태도에 반전은 없어… 원빈도 질색해〉.
— 아 씨, 너무 웅얼거려서 기가지니도 못 알아듣겠다.

나는 그들이 마지막 남은 인류애로 조금만 더 버텨주길 청할 수밖에 없었다. 드디어 강연이 끝나고 질의응답 시간이 이어졌다.

"적은 예산으로 어떻게 마케팅을 해야 할까요?"
"저는 적은 예산으로 해본 적 없는데요."

강사는 마지막까지 마리 앙투아네트도 인성으론 한 수

접어줄 답변을 하고 강연을 마쳤다.

나는 급격히 혼미해지는 느낌이었다. 무엇을 위한 강연이었을까… 마케팅 강연이 마케팅이 안 되고… 지인으로 머릿수를 채우고… 마케터는 사람들의 마음을 얻지 못하고… 그래도 어떻게든 홍보를 하겠다고 사진을 찍고… 8차선 도로를 건너고… 기가지니도 못 알아듣고… 이게 다 무슨 짓….

사실 내가 얼마나 애썼는지는 결과와 아무 상관이 없는 게 아닐까. 러시아워나 누군가의 귀찮음 같은 것에 더 크게 좌우되는 것이 아닐까. 생각이 많아지는 입사 7개월 차 사원이었다.

휴대용 탈부착 자아

우리 팀은 올해부터 새로운 기업의 블로그를 운영한다.
나는 개인 블로그를 5년째 운영하고 있기 때문에
블로그에서만큼은 프라우드랄까 자부심이랄까, 같은
말이구나, 아무튼 그 어떤 맡겨만 주시라 하는 자신감을
갖고 있었다. 대리님이 '블로그는 이렇게 해라 저렇게 해라'
할 때도 오늘 유치원에서 배운 걸 설명하는 6세 아이 보듯
인자하게 바라볼 정도였다.

하지만 얼마 안 가 내가 얼마나 오만했는지 깨달았다.
업무로 하는 블로그는 취미로 하는 블로그와 완전히 다른
것이었다. 업무의 포인트는 효율성이다. 집에서 유튜브 게임

방송을 보며 엎드려 쓰다 앉아 쓰다 누워 쓰다 결국 잠들어 다음 날 마저 쓰는 블로그 글에는 있을 수가 없는 포인트다.

　　나는 회사에서 3일에 하나가 아니라 하루에 세 개의 블로그 글을 써야 했다. 그러려면 손끝에서 문장을 만드는 데 주저함이 없어야 한다. 옛 장인들이 일필휘지를 제일로 친 것도 자본주의의 효율성 때문이었을 것이다.

　　내 블로그 운영 업무를 도자기 만드는 데 비유하자면, 물레를 돌돌 돌려가며 구슬땀도 흘려가며 사흘 밤낮 그릇을 곱게 빚어내는 게 아니라 주먹으로 흙덩어리를 쾅 치곤 움푹 들어갔으니 그릇이라며 팔아먹는 식이었다.

　　또 고려해야 할 것은 클라이언트의 취향. 고객사 윗-윗-윗선에 계시는 분의 취향이 보이지 않는 손처럼 대행사를 장악해 미천한 사원이 쓰는 문장 하나하나에도 영향력을 끼친다. 우리 클라이언트의 경우 안 돼요, 싫어요, 없어요, 망해요, 하지 말아요 같은 부정적인 단어를 쓸 수 없게 하기 때문에 나는 거의 문장을 만들 수 없는 상태가 됐다.

"대행사에 다니려면
자아는 쉽게
뗐다 붙었다
할 줄 알아야 해"

블로그지기

이 일품…
쫀득쫀득…
꾸덕꾸덕…

충격… 파격…
울 선랑…

(중이)
자아

그래서 나름의 해결 방안을 모색했다. 글을 쓰기 전에 잠시 자아를 빼놓는 것이다. 대행사에 다니려면 자아 정도는 탈부착 후드처럼 쉽게 뗐다 붙였다 할 수 있어야 한다. 그럼 모든 일이 한결 수월해진다.

'와앙 베어 물면 입안 가득 퍼지는 육즙이 일품…'

'단 3일 만의 파격 변화! 쫀득쫀득 거품 클렌징으로 만드는 찹쌀떡 피부…'

'울 신랑과 아들램도 넘나 좋아할 맛집 5선…'

같은 문장을 거리낌 없이 탈칵탈칵 쳐 넣을 수 있게 된다.

나는 새마을운동 시절 노동자처럼 눈뜨면 일 나가서 열두 시간 정도 일하고 집에선 잠만 자고 다시 일 나가는 루틴을 반복 중이다. 때문에 실상 자아가 내 안에 있는 경우는 얼마 없다. 그러다 보니 자아가 볕에 내놓은 거북이 등껍질처럼 바싹바싹 타 들어가는 중이다. 안 그래도 풍성치 못한 자아가 더 훼손된다면 자낳괴*가 되는 건 시간문제일

• '자본주의가 낳은 괴물'의 준말.

것 같아서 유일하게 돈 안 받고 자발적으로 하는 이 일기를
열심히 써야겠다고 다짐했다.

210일 차

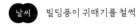 빌딩풍이 귀때기를 철썩

팀장님의 특이점

나는 우리 팀장님을 참 좋아한다. 일기에서 몇 번 욕을 하긴
했지만 팀장님의 모든 면이 다 좋을 수는 없는 거고 또 왠지
팀장이라는 직급은 '숨을 왜 저렇게 쉬냐'는 이유만으로도
욕을 하고 싶기 때문이지 진실로 싫어하는 건 아니다.

내가 팀장님을 얼마나 극진히 대하느냐 하면 팀장님이
숙취 때문에 11시에 출근해서 20분 일하고 지 차에 가서
처자는 꼴을 보고도 팀장님 멕일 숙취 해소 음료를 사고
있을 정도다. 물론 사다 줘봤자 요만큼도 안 고마워하기
때문에 1500원어치 보람도 없다. 그러니까 욕을 하자는
게 아닌데 자꾸 욕으로 흘러가는 건 다시 한번 말하지만

팀장이란 직급 때문이다.

그동안 애정 어린 마음으로 팀장님을 관찰해온 결과,
팀장님에겐 몇 가지 특이한 점이 있었다. 다른 팀장님들도
이러는지 궁금해 소개해본다.

빨간 가방

우리 팀장님은 옷을 잘 입으신다. 머리도 야무지게
만지고 온다. 근데 사람이란 참 아이러니한 게, 옷도 잘
입고 머리도 야무지게 매만지고 거기에 빨간 가방을
멘다. 백팩이나 크로스백이 아니고 어깨에 살포시 없는
핸드백이다. 슬랙스에 흰 셔츠를 입고 화룡점정으로 빨간
핸드백을 딱 걸친다. 혹시 저런 패션이 2050년쯤 유행하게
되는 걸까. 나는 누가 메는 가방까지 신경 쓰고 그런 사람이
아닌데 정말 신경이 너무너무 쓰인다.

왜 굳이 그 가방을 메는지 물어봐도 안 알려준다.

"다른 가방이 없으세요?"

"어."

얼 ㅋㅋㅋ
솜잠바 입는다
ㅋㅋㅋ ㅋㅋㅋ

지는
빨간 가방 메면서 ...

"가방에 뭐 들었어요?"

"전자담배랑 지갑."

그럼 그냥 주머니에 넣으면 되지 않을까 하는 의문만 증폭되는 날들이었다. 혼자 여러 가지 가설을 생각해보기도 했다. 혹시 어머니의 유품일까…. 근데 어머니 건강하게 살아 계시던데… 혹시 아내분과의 추억이 담긴 걸까…. 근데 아내분도 그 가방 왜 메냐고 하시던데… 정도까지 오면 그냥 생각하기를 관두게 된다.

한동안 나랑 대리님이랑 그 가방 좀 메지 말라고 했더니 자꾸 그러면 목욕 바구니 메고 다닌다고 해서 이제 아무 소리도 안 한다.

#담배

우리 팀장님은 냄새 폴폴 나는 연초 같은 건 안 피운다. 요즘 흡연 트렌드는 전자담배다. 이걸 피우고 있으면 보조 배터리 같은 것에서 생명력을 빨아들이는 모양새가 된다. 팀장님은 전자담배 신봉자여서 여기저기 추천을 하고 다니신다.

"이게 불을 붙이는 게 아니라 쪄서 담배를 피우는 건데 냄새도 안 나고 몸에도 덜 해롭다."

"안 피우면 아예 안 해롭지 않나요?"

"…."

"…?"

"빵떡이 회사 생활 해롭고 싶니?"

아무튼 팀장님은 전자담배를 굉장히 사랑하신다. 근데 동시에 굉장히 게을러서 항상 갈등의 기로에 서곤 한다. 담배를 피우려면 1층까지 내려가야 하는데 팀장님에게 사무실에서 1층까지는 세상의 끝과 끝 같기 때문이다. 그래서 팀장님은 항상 담배를 피울지 말지 한참을 고민한다.

"대리야, 담배 피우고 싶우다."

"피우세요."

"근데 너무 귀찮아."

"그럼 피우지 마세요."

"근데 피우고 싶어."

같은 대화를 누구 하나 지칠 때까지 이어간다. 결국

가습기에서 나오는 수증기에 입을 대고 담배 피우는 시늉을
할 지경에 이르러서야 옆 팀 팀장님 손에 이끌려 1층으로
가곤 한다.

하루는 야근을 하는데 또 팀장님이 가습기 연기를
아련하게 바라보기 시작했다.

"대리야, 나 화장실에서 담배 피우면 안 되겠지?"
"안 되죠. 건물 내 금연인데."
"대표님 방에서 피우는 건 어때?"
"뭐 그건… 괜찮겠네요."

나는 하하 웃었다. 오랜만에 두 사람이 재미있는 농담을
하는구나 했다. 근데 팀장님이 주섬주섬 담배를 챙기더니
대표님 방으로 들어갔다. 대표님 방이 유리로 돼 있어서
밖에서도 잘 보이는데, 그래서 팀장님이 담배 피우는 것도
아주 잘 보이더라.

다들 너무 자연스럽길래 나는 순간적으로 '대표님 방은
흡연 가능한 곳인가' 생각했다. 퍼뜩 그럴 리가 없다는 걸

떠올렸다. 팀장님은 대표님 방에서 느긋하게 흡연을 마치고 '교무실에서 담배 피우고 나오는 것 같은 스릴'이라는 소감을 전했다. 그러고는 "으아아- 나는 양아치다!"라고 외치고 유유히 자리로 돌아왔다. 팀장님, 양아치가 아니라 범법자세요….

#솜잠바

내 롱패딩엔 솜이 들었다. 입고 다니는 게 아니라 업고 다니는 듯한 무게감과 군데군데 솜 과밀화로 인한 '알통몬' 핏이 특징이다. 그래도 나는 어릴 적부터 솜패딩만 입어왔기 때문에 전혀 불만이 없었다. 팀장님이 놀리기 전까지는….

"빵떡아, 요즘 누가 솜잠바 입니? 6·25 때 쓰고 남은 군사 용품이니?"

"빵떡아, 당나귀가 솜을 지고 가다가 물에 젖으니까 무거워서 건지를 못했다는구나. 너도 비 오면 그렇게 되니?"

"빵떡아 그거 알통이니? 아, 솜이구나. (미소)"

내가 옷 입는 거로 놀리면 못쓴다고 그렇게 주의를 줘도 끝없이 놀리곤 했다. 아예 내 패딩은 패딩 축에도 못

끼고 고유명사처럼 솜잠바로 불렸다. 회사에도 '솜잠바 사원'으로 소문이 났다.

어느 날 클라이언트랑 저녁을 먹는데 거기서까지 솜잠바 얘길 꺼내더라. 집에 가서 모욕죄로 신고하려고 노동부 번호를 살짝 검색해보았다. '에이 뭘 또 그렇게까지'라고 생각하겠지만 다들 클라이언트의 측은한 표정을 봤어야 한다. 모포를 두르고 다녀도 그만큼 불쌍하게 보진 않았을 거다.

며칠 뒤에 그 클라이언트랑 다시 만났는데 뭘 한 보따리 싸 와서 나한테 내밀었다. 꺼내보니 '오리털' 롱패딩이었다. 비싼 건 아니니 편하게 입으라고 주더라. 나는 이제 팀장님이 내 모든 옷 하나하나를 다 놀림거리로 삼아주면 좋겠고 특히 클라이언트 앞에서 차지게 놀려주면 정말 감사할 것 같다.

자랑

나는 매콤하고 감칠맛 나는 비빔냉면을 좋아한다. 근데
입사하고 세 달 동안은 냉면집에 가면 물냉면만 먹었다.
회냉면이고 칡냉면이고 다 있어도 고르는 척만 하다
결국 물냉면이었다. 왜냐하면 비빔냉면을 먹다가 이에
고춧가루가 낄까 봐 걱정스러웠다. 소심하다 하다 이젠
별걱정을 다 하는구나 싶었다. 이런 얘길 하면 지인들은
'심각한 수준인데' 하는 안타까운 표정을 짓는다. 아무리
안타까워도 본인이 제일 안타깝다.

　하지만 세월은 빠르게 흘러 어느덧 나는 8개월 차
사원이다. 사회성도 그런대로 무르익어 원래 500가지

정도 부끄러워했다면 이제 480가지 정도만 부끄러워하는 진일보한 직장인이 되었다. 그래서 오늘은 특별히 자랑하는 일기.

대행사 사원에게 공손함은 생명이다. 통화를 할 때도 공손한 서술어를 잘 구사해야 한다. 하지만 나는 그 부분에 매우 취약했다. 그래서 전화선을 몰래 뽑아놓을까 하는 앙큼한 생각을 할 정도로 전화 받기를 두려워했다. 하지만 지금은 다르다. 이제는 '괜찮으실까요'와 '되실까요', '하실까요', '없으실까요', '가능하실까요', '계실까요', '보실까요' 등등 '실까요' 씨족사회 구성원들의 이름을 하나하나 호명하며 통화를 할 수 있게 되었다.

— 안녕하세요, 블로거 딸ki둥2 님 맞으시죠? 지금
　통화되실까요? 헤헤.
— (굵직) 예.
— 아, 저희가 이번에 제품을 론칭했는데 혹시
　딸ki둥2 님 블로그에 리뷰 가능하실까요? 흐흐.
— 제품이 뭔데요?
— 아 새로운 쿠션 제품이에요, 딸ki둥2 님. 블로그와

제품 콘셉트가 잘 맞아 보여서 연락드렸는데
괜찮으실까요? 헤헤.

— 예 뭐, 하죠 뭐.

— 감사합니다 딸ki둥2 님. 제품 곧 댁으로 가실
겁니다. 흐흐.

통화를 마치면 얼굴이 딸ki색으로 물든다.
'아메리카노 님 나오시는' 수준의 격식 차리기에 이곳이
동방예의지국이라는 사실을 뼈저리게 느낀다. 전화 능력은
키웠는데 한국어 능력은 폭망한 것 같은 기분은 웰까.

내가 또 하나 못 하는 건 맞장구치기. 이 정도면
입으로는 처먹는 거밖엔 못 하는 듯하다. 내가 할 수 있는
최대한의 맞장구란 좋은 얘기일 때 "오…" 안 좋은 얘기일
때 "흠…" 정도였다. 아마 나는 단두대에 목을 내놓고도
"흠…" 하다 뒈질 게 분명하다.

회사에선 맞장구가 생각보다 중요하다. 특히 하소연을
잘 받아줘야 한다. "너두? 야 나두!" 같은 느낌으로
쌍방 투덜이 이뤄져야 투덜대는 흥이 올라 스트레스가

원래 500가지 정도 부끄러워 했다면

이제 480가지만 부끄러워하는

진일보한. 직장인이 되었다

조금이나마 해소된다. 하지만 나는 어떤 투덜거림을 들어도 "유감이네요…" 정도의 내색만 비치기 때문에 상대방의 스트레스는 한층 더 굳건해지곤 했다.

그런 내가 맞장구를 배운 건 한 달 전부터다. 다른 팀이었던 사원 한 명과 대리 한 명이 한 달 전에 우리 팀에 합류했다. 그녀들은 대단한 맞장구 고수다. 보고 있자면 맞장구 무형문화재로 등록하고 싶은 보존 욕구가 생길 정도다. 내가 그녀들에게 배운 맞장구 매뉴얼이 있어 공유해본다.

#일단 "와 진짜"라고 해라
하소연에 동조해줄 때 특히 유용하다.

예시1) "금요일 5시에 이거 하라는 게 말이 돼?"
"와 진짜 그러네요~ 완전 어이없네!"

예시2) "아 일 왜 이렇게 많아? 야근 각인데?"
"와 진짜? 저두요~."

예시3) "오늘 너무 피곤하다…."

"와 진짜 그러시겠다. (흑흑)"

#에이 ○○라뇨~

난감한 농담을 받았을 땐 표정을 구기지 말고 이
멘트를 써본다.

뭐든 저 빈칸에 넣으면 된다.

예시1) "빵떡아, 남자 친구는 언제 사귈 거니?"

"에이 남자 친구라뇨~ 사귈 시간이 없는데….
(웃음)"

예시2) "빵떡이 살찐 거 같은데?"

"에이 살쪘다뇨~ 야근을 이렇게 열심히
하는데. (미소)"

예시3) "오늘은 빵떡이가 쏘는 건가?"

"에이 쏘다뇨~ 제 월급 아시면서. (웃음)"

이외 관용구

"솔직히 그건 아무도 못 해요." = 상사가 일을 못해서 까였다.

"와 저였으면 진짜…." = 상사가 화를 잘 참았다.

"그 사람 왜 그러는 거래요?" = 클라이언트가 무리한 요구를 했다

"미친 거 아니에요?" = 클라이언트가 많이 무리한 요구를 했다.

이제 나는 엄연한 프로 '맞장구러'가 되어 맞장구 모드를 ON/OFF 할 수 있다. 평소엔 무뚝뚝하게 있다가도 머릿속에 '맞장구 ON' 스위치가 켜지면 무한 재생. "어머어머… 어떡해요! 그 사람 미친 거 아니에요? 너무 힘드셨겠다…. 와 진짜 이해가 안 되네에. 저였으면 완전 못 참았을 텐데…! 진짜 잘하셨어요, 솔직히 대리님 정도 되니까… ∞"

나의 유일한 을

지하철역 계단을 내려가면 오늘도 어김없이 그가 보인다.
퇴근한 날 데리러 온 쏘 스윗한 그. 내 동생. 나랑 내 동생은
쌍둥이다. 제왕절개로 의사가 꺼내고 싶은 놈 먼저 꺼냈다.
'역시 손윗사람은 여식이 좋지'라는 생각이었는지 내 두상이
'그립감'이 더 나아 보였는지는 알 수 없다. 다만 그의
선택이 두 사람의 인생을 가를 중한 복불복이었다는 것만은
팩트다.

　　우리 부모님은 나름대로 누나 동생 서열을 엄격히
함으로써 자식들이 정체성에 큰 혼란 없이 자라게
하려 애쓰셨다. 하지만 돌이켜보면 누가 위고 아래인지

몰랐어도 그런대로 어물어물 자라지 않았을까 싶다. 실상 우리를 엇나가게 한 건 실체 없는 서열에서 오는 권력과 복종이었다.

부모님은 내가 누나라는 것을 공고히 하기 위해 요구르트도 누나 먼저, 달걀 프라이도 누나 먼저 그저 좋은 것은 나부터 주곤 하셨다. 이러한 양육 방식은 동생과 내게 어떤 근성을 심어주었다. 내게는 부모님에게 보살핌받고 동생에게 우대받아야 한다는 공주 근성을, 동생에게는 나를 떠받들고 내 말에 복종해야 한다는 시중 근성을 심어준 것이다.

권력의 속성이 그렇듯 나는 누나로서의 권력을 부모님의 뜻대로만 사용하지 않았다. 예컨대 놀이터에서 동생이 시소 가까이에 서 있던 적이 있다. 나는 같이 타자고 맞은편 자리에 풀썩 앉았다. 내 체중은 시소를 기울이는 운동에너지로 변환되었고 시소는 그에 상응하는 힘으로 동생의 턱주가리를 가격했다. 지금도 동생 하관이 툭 튀어나와 있는데 혹시 이때의 일 때문이 아닌지 남몰래 생각하곤 한다.

아무튼 보통의 어린이들은 이럴 때 미안하다고 빌든지 동생을 두고 튀든지 했을 것이다. 하지만 난 침착하게 다가가 '왜 거기 서 있어서 시소에 맞느냐'는 논점 흐리기와 '그래도 내가 같이 있어 얼마나 다행이냐'는 다정하고 다감한 멘트로 가해자에서 벗어나 조력자로 탈바꿈했다. 지금보다 그때의 내가 훨씬 더 영악했던 것 같다.

동생은 뭔진 모르겠고 누군가 자신의 턱을 탑블레이드 팽이 삼아 고우 슛! 하고 돌려버리는 듯한 고통에 정신을 못 차리고 집에 끌려왔다. 나는 믿음직한 누나로서 엄마에게 이 자초지종을 각색해 조곤조곤 설명했다. 엄마는 조심성 없는 동생을 데리고 병원에 갔고 나는 혼나지 않고 넘어갈 수 있었다. 그 나이에 걸맞게 악랄했던 시절이다.

크면서 동생은 점점 힘이 세졌다. 그는 '의사가 픽해서 누나가 된 주제에 날 등쳐먹고 있다'는 사실을 자각하면서 내 말을 듣지 않을 때가 많아졌다. 그래서 나는 이제 자본의 힘을 이용한다. 나는 직장에 다니고 동생은 아르바이트생인지라 빈부 격차가 꽤 있다. 동생은 종종

나는 어느 모로 보나 갑질할 기질을 타고 났는데
어쩌다 을질을 하고 있는지 늘 속상하다

나에게 아쉬운 소리를 해가며 3만 원씩 5만 원씩 빌려 가곤
한다.

"돈을 꿔달라."

"이자 33퍼센트."

"차라리 사채를 쓰겠다."

"그럼 이자 대신 내 비위를 맞춰라."

이런 식의 거래가 이루어진다. 동생은 내 일련의
수발을 들다 들다 지쳐 이럴 거면 차라리 생활 보조인을
고용하라며 눈물의 호소를 하기도 한다.

나는 이처럼 한시도 동생을 손아귀에서 놓아주지
않으려는 어떤 집요함으로 스물다섯 해를 살았다. 요즘은
동생이 방귀를 많이 뀌는 것에 대해 우리 집도 탄소배출권
제도를 도입해 돈 낸 만큼 방귀를 뀌게 하면 어떨까
구상하고 있다.

이제 동생은 꿀릴 것이 없을 때도 본능적으로 내
눈치를 본다. 마치 유리컵 안에 갇혀 있던 벼룩이 유리컵이
없어지고 나서도 그 이상 뛰지 못하는 것처럼.

"아 하늘에서 남자 친구가 뚝 떨어지면 얼마나 좋을까."

"하늘에서 떨어지면 죽지 아마…."

"…."

"…?"

"…니가 죽겠다고?"

"…미안…."

이처럼 나는 어느 모로 보나 갑질을 할 기질을 타고
났는데 어쩌다 대행사에 와서 을질을 하고 있는지 늘
속상하고 그렇다. 오늘도 나의 유일한 을이 역 앞에서 날
기다린다. 장성한 시중으로 잘 커준 동생을 보니 너무나
대견스럽다. 기쁨의 눈물 한 방울을 얼른 훔쳐내고 동생을
향해 밝게 웃어 보인다.

당신의 인성은
안녕하신가요

오랜만에 대학 동기 김별이를 만났다. 얘도 학교 다닐 때
광고대행사에서 인턴을 한 적이 있어서 자연스럽게 대행사
얘기를 했다.

　"나는 인턴 할 때 진짜 대행사는 가지 말아야겠다고
생각했어."

　옆자리 사수 때문이었다고 한다. 김별이의 사수는
고객사와 통화할 일이 많았다. 그는 전화할 때 세상 그렇게
상냥하고 깍듯할 수가 없다고 했다. 그러다 통화가 끝나면
수화기를 내려놓음과 동시에

"이런 개에에새에끼가!!!"

라고 외쳤다는 것이다. 김별이가 평소에 욕도 안 하고
참 다정한 앤데 그 얘기를 하면서 개새끼를 너무 차지게
'개에에새에끼가'라고 해서 그것도 두 번이나 해서 좀
인상적이었다.

"대행사에 그런 사람밖에 없을까 봐 진짜 가기 싫더라.
난 그래서 친한 친구들이 대행사 간다고 하면 쌍수 들고
말렸어."

내가 대행사에 들어갔을 때 김별이가 크게 축하해줬던
기억이 나며 우리의 우정을 가늠해볼 수 있는 시간이었다.
집에 돌아오는 길에 '우리 회사 사람들은 그 정도는
아니…' 하다가 흠칫 걸음을 멈췄다. 어렴풋이 어떤
기억들이 떠올랐다.

내 앞자리엔 사원 김나래가 앉는다. 그녀는 나보다
6개월 먼저 입사했다. 같은 사원인데 뭘 해도 나보다
6개월어치 이상 잘해서 항상 나를 원통하게 했다. 내가
적당한 서술어를 찾느라 문장마다 어물거리는 것과 달리

김나래는 말도 잘하고 또박또박 발음도 좋다. 그녀가 담당한 고객사는 M브랜드다. M브랜드는 우리 회사 고객사 중에서도 거의 메이웨더급 양아치여서 김나래는 항상 몇 대 처맞은 표정을 하고 다닌다.

그날도 M브랜드 담당자들 분위기가 심상치 않았다. 또 M브랜드가 깐족깐족 '쨉'을 날리며 담당자들 약을 살살 올리고 있구나 싶었다. 근데 쨉 정도가 아니었나 보다. 카운터펀치로 김나래의 이성을 녹다운시킨 게 분명했다. 메일을 읽던 김나래가 소근소근한 목소리로

"하… 옘병하네, 개빡치게."

라고 했기 때문이다. 정확하다. 조금의 거짓도 없이 저렇게 말했다. 김나래의 발음이 또박또박하다는 걸 다시 한번 실감했다. 귀에 때려 박는 사운드에 다들 감히 김나래를 쳐다도 보지 못했다. 김나래는 3초 정도 있다가 "아 소리 내서 말했네"라는 여주인공 같은 혼잣말도 잊지 않았다.

사실 이 정도는 귀여운 수준이다. 고객사를 상대할 일이 많은 대리급은 인성이 투게더 아이스크림처럼 야금야금

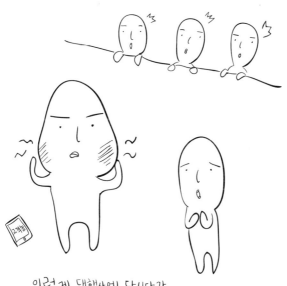

이렇게 대행사에 다니다간
인성이 바싹 바싹 구워지고
두둑두둑 뜯겨나가
마침내 앙상해지는 게 아닐까...

파먹혀서 이제 밑천도 별로 없다. 우리 팀 대리님도 R브랜드와 하루에 몇십 통씩 전화하고 메일 보내고 한창 썸 타는 사이처럼 그런다. R브랜드는 무리한 요구를 하는 연인 같아서 대리님은 전화를 할 때면 고단한 연애에 신물이 난 표정을 짓곤 한다.

우리 대리님은 전화하다 빡칠 때 하는 특유의 버릇이 있다. 처음엔 통화하는 목소리가 유난히 작아진다. 아마 나나 팀장님을 의식해서 그런 것 같다. 맘에 없는 사죄의 말을 수화기에 ASMR처럼 속삭인다. 종종 고객사가 너무 감미롭진 않을까 궁금하다. 좀 더 화가 나면 숨소리가 거칠어진다.

"스흐으으으으읍 네에… 하아… 그게… 저희가 후우… 해야 하는… 거죠…?"

옆에서 듣고 있으면 복식 호흡을 하는 것 같다. 화도 내고 건강도 해지는 일석이조 비법. 여기서 안경을 벗고 얼굴을 쓸어내리면 거의 한계에 도달했다고 보면 된다.

얼마 전에도 대리님이 통화를 하는데 유난히 빡친 것 같았다. 나는 충직한 부사수로서 통화가 끝나자마자 같이 욕해줄 준비를 하고 있었다. 한참 통화를 하던 대리님은 전화를 끊고 핸드폰을 던지더니, 물론 아이폰은 충격에 약하니까 살짝 던지더니 아무 말도 안 하고 책상을 노려봤다. 나는 눈치를 보며 "이미 걔네가 또 진상부리…" 까지 말했다. 그런데 갑자기 대리님이 자기 뺨을 짝! 짝! 때리는 거였다.

오우… 대리님아… 지금 생각해도 정말 차진 짝! 짝!이었다. 나는 "진상부리… 커헉…" 하며 말을 삼켰다. 회사 사람들 전부 다 드디어 사달이 나는구나 싶어서 미어캣처럼 고개를 빼고 쳐다봤다. 대리님은 말이 없었다. 그의 볼만이 제철 복숭아처럼 발갛게 달아올라 방금 전의 일이 실재했음을 증명했다.

대리님은 조용히 일어나 밖으로 나가서 한참 동안 돌아오지 않았다. 올해의 안절부절을 뽑는다면 바로 그날일 것이다. 아직까지도 대리님한테 그때 왜 그랬냐고 물어보는 용자가 없다. 그저 "고객사가 나빴네…" 같은 피상적인 감상을 나눌 뿐이었다.

이번 일로 바라기만 하는 사람과 들어줄 수밖에 없는
사람의 기형적인 관계가 인성에 어떤 영향을 끼치는지 알
수 있었다. 나는 '이렇게 대행사에 다니다간 불 위에 오른
바비큐처럼 인성이 바싹바싹 구워지고 살점이 두둑두둑
뜯겨져서 마침내 앙상해질 것'이라는 생각을 했다. 그 어떤
불길함이 봄바람처럼 스치웠다.

나의 기자님

홍보대행사에 오면 보도자료를 쓴다. 보도자료가 뭐냐면,
대행사가 자기가 맡은 기업을 홍보하기 위해 쓰는 기사다.
왜 기사를 기자가 안 쓰고 대행사가 쓸까? 대행사가 알리고
싶은 내용과 기자가 쓰고 싶은 내용이 다르기 때문이다.
대행사가 알리고 싶은 건 주로 〈D브랜드, 사랑의 연탄
나눔으로 도움의 손길 전해〉 같은 좋은 얘기지만, 기자가
쓰고 싶어 하는 건 〈D브랜드, 사랑의 연탄 나눔에 숨겨진
비리 의혹〉이나 〈D브랜드, 사랑의 연탄 나눔에 오너의
숨겨둔 애인 등장… 이래서 '사랑'의 연탄 나눔?〉이다.
좋은 얘기는 곧 죽어도 안 써주니 대행사가 직접 써 바치는
수밖에.

하지만 이렇게 밥을 퍼서 씹어서 목구멍에 쑤셔 넣어줘봤자 기자들은 안 읽는다. 이런 보도자료를 하루에 몇십 개씩 받으니까. 그래서 대행사는 기자들에게 일일이 '보도자료 좀 읽어주세요 제발요' 하는 전화를 돌린다. 이걸 'RSVP(=Répondez s'il vous plaît: 회신 바랍니다)'라고 한다. 이 단어를 쓰고 있자면 별다줄(=별걸 다 줄이네)을 쓸 때와 비슷한 느낌이 든다.

RSVP는 주로 막내가 한다. 그러니까 내가 한다. 나는 보도자료는 아직 못 쓴다. 전에 한번 공연 홍보 보도자료를 쓴 적이 있는데 제목을 〈○○공연 볼 사람~? 하아-잇! … ○○공연, 사랑이도 좋아해〉 따위로 썼다가 하아-잇!킥을 맞을 뻔했다. 그 뒤론 내게 보도자료 쓰는 일을 시키지 않는다. 일하기 싫으면 이렇게 짜증 나게 구는 것도 한 가지 방법이다.

아무튼 며칠 전에도 RSVP를 돌렸다. 대행사에선 이럴 때 쓰려고 기자들 전화번호를 죄다 엑셀 파일에 모아둔다. '조중동'부터 한 번도 들어본 적 없는 매체까지 그 양이 실로 방대하다. 이 많은 기자들을 먹여 살리려면 이 뭣만

한 나라에 얼마나 많은 사건 사고가 있어야 하나 싶어 잠시
아득해졌다.

나는 엑셀 파일을 쭉 훑어봤다. 스크롤을 내리다 내리다
검지가 아파 "AI로 바둑 두지 말고 RSVP나 돌리지"라고
하니 대리님이 "니가 AI보다 싸게 먹힌다"고 해서서 아주
그냥 친절하고 고마웠다.

기자들은 어떤 부서냐에 따라 전화 받는 성향이 다르다.
물론 경우에 따라 다르긴 하지만 내 경험으론 경제부나
정치부 기자들은 도도한 편이다. "기자님 안녀…"
까지만 듣고 끊어버리는 경우도 많다. 그럼 난 "기자님
안녀엉… 안녕- 안녕-"하며 홀로 흥겨운 작별 인사를 한다.

전화를 끊진 않더라도 받기 싫은 티를 내는 기자들도
많다.

　　― 기자님 안녕하세요오.

　　― 네.

　　― D브랜드 홍보를 담당하고 있는 빵떡입니다.

　　― 네네.

— 아 저희가 이번에

— 네.

— 기부 사업을

— 네.

— 하는데

— 네네.

— 그래서

— 네.

— 보도자료를

— 네네.

— 보냈

— 네네.

— 그거

— 네네네, 보겠습니다.

빠르게 비트를 쪼개는 래퍼처럼 어절마다 '네네'거리니
"난 누구보다 빠르게 남들과는 다르게"* 전화를 끊어야 할

* 국내 래퍼 아웃사이더의 곡 〈Motivation〉 가사의 일부. 아웃사이더는
속사포처럼 빠른 랩을 구사하는 것으로 유명하다.

초심 같은 건
전 학년 교과서처럼 불필요한 것일까

것 같은 초조함에 휩싸이는 것이다.

　문화부 기자들은 그래도 상냥한 편이다. 이번에
RSVP를 돌릴 기자들은 문화부여서 약간 푸근한 마음이
되었다.

　　― 안녕하세요, D브랜드 홍보 담당하는
빵떡입니다아.

　　― 아유 네에.

　　― M매거진 편집장님 맞으시죠?

　　― 으응? 아닌데요오.

　　― 어… 아니세요…? 아… 정말요…?

　　― 으응, 편집장 아닌데요오?

　　― 어… 어… 그… 저희 리스트에 착오가 있었나
보네요.

　　― 으응, 그런가 보네요오. 이제 어쩔 거예요오?
편집장 아닌데 어쩔 거예요오?

　　― 어… 그… 그럼 혹시 누구…세요…?

　　― 웅? 악학학학하 누군지도 모르고 전화했어요오?

　　― 어… 어… 그… M매거진에서 일하고 계신 건…
맞… 맞으세요…?

— 글쎄에, 맞으실까요오? 맞춰봐아요오. 흐흐.

상냥하다고 했지 제정신이라고는 안 했다. 이런
기자들은 전화를 주로 말단 사원이 한다는 걸 알고 놀리는
거다. 마침 무료했는데 새파랗게 어린 대행사 직원이 걸려든
것. 삶에 유희가 없다 없다 RSVP를 재미 삼다니.

'다들 막내였던 시절이 있으면서 초심을 잃고 날
못살게 군다.'

하지만 생각해보면 다시 막내가 될 것도 아닌데 초심
같은 건 전 학년 교과서처럼 불필요한 게 아닌가 싶어
끄덕끄덕 이해해버리고 말았다.

3장 권태기

쫄린다면 신입사원,
졸리다면 그냥 사원

318일 차

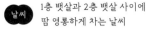 1층 뱃살과 2층 뱃살 사이에
땀 영롱하게 차는 날씨

5-4=?

고백하건대 일기를 쓰면서 약간의 과장과 거짓을 더한
적이 있다. 있는 그대로 쓰자니 통조림 성분 분석표보다 더
노잼이어서 그랬다. '인생이 이렇게까지 지루하구나' 하는
괴로움과 '그래도 어떻게든 웃기고 싶다'는 욕망에 글에
야아-약간의 조미료를 더했다. 근데 이번엔 그럴 필요가
없었다. 현실이 워낙 시트콤 같아서. 우리 팀에 팀장이
하나, 대리가 둘, 사원이 둘이었는데 대리 둘과 사원 하나가
퇴사를 했다. 5-3=나랑 팀장님.

김나래 사원-전소진 대리-남석훈 대리가 차례대로
퇴사 통보를 했다. 그래서 한동안 팀장님 방은 앞다퉈

퇴사하려는 사람들로 바겐세일하는 아울렛처럼
인산인해였다. 은행처럼 번호표라도 발급해줘야 할지
고민스러웠다. 팀장님과 나는 팀원들의 퇴사 통보를 받을
때마다 차례차례 창백해졌다. 퇴사자 셋이 돌아가면서
때린 데 또 때리는 팀워크가 NBA 농구단 뺨쳤다. 팀장님은
팀원들이 "드릴 말씀이 있어요"라는 말만 하면 마시던 담배
연기를 쿠훌럭쿨럭 토해내는 지경이 됐다.

　　나는 김나래 사원과 전소진 대리가 나갈 때만 해도 '더
이상의 나쁜 일은 없을 것'이라는 생각에 오히려 평온한
심정이 되었다. 이제 웬만한 일엔 놀라지도 않을 것 같다고
거들먹거렸는데 남석훈 대리의 퇴사 소식을 듣고 화들짝
놀랐다. 인생이란 이런 걸까. 더 나빠질 것도 없다고
생각하는 순간 한 발짝 더 나빠지는.

　　남석훈 대리는 내 사수였다. 새해 소원으로 "월급이
어서 모여 대표를 청부 살인하게 해주세요"라고 두 손 꼭
모아 빌곤 했다. 안 되면 직접 목을 따고 퇴사하겠다고
버릇처럼 말했던 터라 이번에도 장난인 줄 알았다.

"빵떡아, 나 이번 달 말에 퇴사하려고…."

"아 대표님 목은 따셨어요?"

"아니…."

"그럼 못 나가시네요."

"응 근데… 퇴사하려고…."

"…?"

"진짜로…."

"…."

어느 날 아침 출근이 너무 하기 싫더란다. '아 씨, 아 씨' 하고 있는데 심장이 막 쪼이는 느낌이 들다가 구토를 했다고. 맨날 일하기 싫어서 토 나온다고 하더니. 뱉은 말은 반드시 실천하고 마는 남아일언중천금의 대리님…. 이대로는 회사에 다닐 수 없을 것 같아 퇴사를 결심했다고.

같이 똥 무더기를 치우다가 도저히 안 되겠다며 떠나는 그들을 나는 어떻게 대해야 할지 혼란스러웠다. '그래 고생 많았지… 저들 대신 내가 이 똥을 도맡아 치우리라'는 경건한 마음이었다가 '저 개새들이 지들만 살겠다고' 하는 분한 마음이었다가 오락가락했다. 내 분열적 태도에도

같이 똥 무더기를 치우다가
안 되겠다며 떠나버리는 그들을
나는 어떻게 대해야 하는지
혼란스러웠다

퇴사자들은 하루하루 얼굴에 혈색이 돌았다. 밥도 잘 먹고 잘 웃고 잘 떠들고. 그동안 회사가 이들에게 무슨 짓을 한 건가 싶었다.

김나래는 5월 중순에 나갔고 두 대리님은 5월 말에 퇴사했다. 처음 김나래가 퇴사할 때 꽃다발에 선물에 포토북에 서울 올라가는 자식새끼 챙기듯 바리바리 싸줬다. 덕분에 대리님들이 퇴사할 때도 같은 급으로 해 바치느라 등골이 휘는 줄 알았다. 퇴사자가 아니라 거의 '삥뜯자'였다. 돈 몇십만 원이 한꺼번에 비니 애틋한 마음은 사라지고 어디 나를 털어먹고 잘 사나 보자 하는 앙심만 남았다.

일주일 정도가 지났다. 그러니까 4인의 몫을 혼자 한 지 일주일 정도가 지났다. 건드리면 물어뜯을 것 같은 뭣 같은 표정으로 일을 하는데 팀장님이 날 불렀다. 팀장님은 굳이 담배 안 피우는 사람을 끌고 내려가서 지 앞에 세워놓고 담배를 뻑뻑 피운다. 너무 (가)족 같은 회사라 폐암도 유전시켜주려는 갸륵한 맘씨인 것 같다.

"빵떠아."

"네?"

"힘들지?"

"좀 그렇네요…. 후우."

"빵떡아."

"네?"

"나도 6월까지만 다닐 것 같아."

"…?"

"퇴사해 나."

"…?"

"미안하다."

"…."

담배 연기가 뭉게뭉게 눈앞을 가렸다. 이후에 어떤 말을
했는지 기억이 흐릿하다. 팀장님의 퇴사는 똥을 같이 치우던
사람이 아니라 똥을 싼 놈이 튀는 거였다. 자기가 싸놓고
너무 더럽다며 떠나는 꼴. 나는 똥 밭에서 생각했다. 역시
인생이란 이런 것일까. 가장 뭣 같은 순간 한 발짝 더.

336일 차

 린넨 옷 700만 원어치 시급

인턴은
모든 것을 알고 있다

지난 일기에 우리 팀이 공중분해된 내용을 썼다. 6월 말까지
다닌다던 팀장님은 워낙 시대를 앞서가는 분이셔서 6월
둘째 주가 끝나기도 전에 튀었다. 떠나는 뒤통수에 대고
소박하게 침 정도 뱉었다.

상황이 이런지라 요즘 회사에선 감히 나를 건드리는
사람이 없다. 굶주린 산짐승 보듯 동정하면서도 주춤주춤
뒷걸음질 친다. 그럴수록 나는 연민과 그에 수반되는 선의를
기대하며 더 많이 불쌍한 척을 한다. 특히 일을 못했을 때
'내가 이 염병을 했지만 불쌍하니 봐줘라'는 식으로 뭉개고
넘어간다. 이 기세를 몰아 회사 좀 쉽게 다닐 방법은 없을까

하는 기회주의적인 생각에 골몰하고 있다.

지금은 새로운 사람들이 들어와 같이 일한다. 유일하게
5월부터 지금까지 나랑 계속 같이 일하는 사람은 인턴
이찬용뿐이다. 5월에 들어왔는데, 걔 입장에선 오자마자
네 명이 탈주한 거다. 워낙 똘똘한 친구라 회사 돌아가는
꼬라지 보고 '아, 여긴 글렀구나' 하고 감을 잡은 것 같다.

이찬용은 사실 내 대학교 후배다. 팀장님이, 아니 그
아저씨가 어시스턴트를 구해 오라기에 우리 과에 공지를
올렸다. 유일하게 이찬용만 지원했는데 '설마 선배가
못 해먹을 짓을 시키진 않겠지'라는 아이처럼 순수한
마음이었던 것 같았다. 요즘은 어른이 되어가고 있다.

대표님은 요즘 이찬용을 볼 때마다 3개월만 더 다녀라
6개월만 더 다녀라 자꾸 꼬신다. 이찬용도 만만치 않은
놈이라 눈에 칼이 들어가고 목에 흙이 들어와도 다음
학기엔 복학할 거라는 의지를 내비친다. 이럴 게 아니라
월드컵 수비수로 출전시켜야 할 만큼 막강한 철벽 수비를
자랑한다.

나랑 이찬용은 둘이 있으면 주로 취업 얘기를 한다. 그때마다 이찬용은 "일단 대행사는 아닌 거 같아요!"라고 굳이 대행사 다니는 사람 앞에서 씨부리는데 강직한 충신 같고 멋있다. 사실 후배들한테 "대행사 오지 마라, 죽을지도 모른다"고 만날 때마다 말하는데 그럼 이 선배 되게 위트 있다는 식으로 깔깔거린다. 진실을 듣고도 믿지 못하는 우매한 친구들과 달리 이찬용은 어린 나이에 참깨달음을 얻었으니 그것으로 값진 인턴 활동이 아닐까.

　　이찬용이 처음 인턴으로 들어왔을 때만 해도 나는 능숙한 선배의 모습을 보여주려 했다.

　　"찬용아, 이건 우클릭해서 요 함수 쓰고 쭉 드래그하면 돼."
　　"안 되는데요?"
　　"…."
　　"…."
　　"…그러네…."

　　"찬용아, 여기서 길 건너서 택시 타면 돼."

"지도에 저기서 타라고 나오는데요?"

"…."

"이거 보세요."

"…(흐릿)…그러네."

　그렇게 나는 선배 노릇에 번번이 실패했다. 이제
이찬용도 스스로를 어시스턴트라기보다 모자란 선배의
수발을 드는 사람이라고 강하게 느끼는 것 같다.

　가끔 이찬용이 "여긴 짜치는 일이 너무 많은 것 같아요"
같은 소릴 하는데 너무 정확해서 '이 새낀 뭐지' 하는 생각이
들 때가 있다. 이 회사에 있는 누구보다 회사에 대해 잘 아는
느낌. 제3자라서 가질 수 있는 객관적인 시각일까. 가끔
그의 냉철한 눈동자에 날 향한 짠한 눈빛도 얼핏 비친다.
이찬용이 날 더 불쌍히 여겨서 내 부탁도 더 잘 들어주고
더 오래, 더 많이 도와주면 좋겠다. 기회주의자의 바람은
오늘도 끝이 없다.

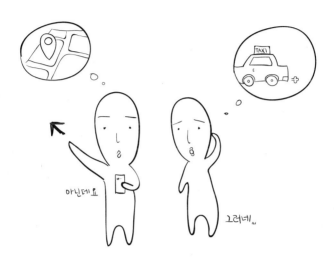

나는 선배 노릇에 번번이 실패했다

고양이와 업무 시간

요새 블로그에 글을 안 올렸더니, 일기 안 쓰냐고 물어보는
사람이 많은데(진짜로) 그럼 "아 정말⋯ 정말로 바빠서
말이지⋯"하며 현대 여성의 고뇌를 슬쩍 내비치곤 한다.
하지만 실상은 너무 더워서, 손가락 하나 까딱하기도 싫어서
말 그대로 손가락을 까딱거리길 포기한 것이다. 그저 내가
할 수 있는 일은 반대쪽으로 돌아간 선풍기 대가리가 다시
내 쪽으로 회전해 오길 기다리는 것뿐이었다.

  그러나 자연은 실로 신비해서 입추가 지나니 조금씩
선선해지기 시작했다. 한밤중과 새벽엔 숨 쉴 정도의 온도는
돼 다시 일기를 쓴다. 일기를 안 쓴 동안 가장 열심히 한

일은 점심시간마다 길고양이들에게 밥을 주는 일이었다.
부족한 점심시간을 쪼개 고양이를 보살핀 것은 아니고,
점심시간은 시간대로 쓰고 1시 10분쯤에 슬렁슬렁 고양이
밥을 주러 나갔다. 새로 터득한, 박애적으로 업무 시간을
삥땅 치는 방법이다.

내가 고양이 밥을 주는 건 전수정 대리님이 퇴사하실
때 유언처럼 내게 그 일을 맡겼기 때문이다. 대리님은 우리
회사 길고양이 돌보기 소모임 장이셨다. 그녀는 내가 갓
입사했을 때 모임에 들어오라고 날 꼬셨다.

"회사에서 회원당 3만 원씩 활동비를 지원해주거든?
아아아무 일도 안 해도 돼. 불쌍한 고양이들 사료값
벌어주는 셈 치고 가입만 좀 해줘, 응?"

나는 그렇게까지 말하는 사람한테 "아뇨 전 고양이
별로⋯"라고 할 만큼 소시오패스는 아니어서 가입을 했다.
그랬던 게 대리님이 퇴사하면서 나한테 일을 떠넘겨버렸다.

"빵떡이가 밥을 안 주면 고양이들이 굶을 텐데

고양이 밥을 주여
박애적으로 업무 시간을 뻥땅 치고 있다

어쩐다…. 불쌍하고 비루먹은 고양이들… 며칠을 못 가
죽을 텐데 어쩐다… 빵떡이가 고양이들을 죽이는 꼴이네
어쩐다….”

결국 천생 거절할 줄 모르고 착해빠진 내가 망할
길고양이 소모임의 장이 되었다.

고양이 밥을 주는 곳은 회사 뒤편 돌담이다. 그 돌담을
넘어가면 종묘다. 종묘 하니 생각나는 일이 하나 있다. 전에
종묘 관리인이 환경미화를 한다고 돌담 아래에 있는 고양이
집이랑 밥그릇을 다 부숴서 쓰레기차에 실어 간 적이 있다.
그건 정말 잘못된 행동인데, 고양이 집을 부숴서가 아니라
전 대리님의 구역을 건드렸기 때문이다. 전 대리님은
그 지경을 보고 운동도 할 겸 자리에서 팔짝팔짝 뛰며•
범인을 잡겠다고 아주 악에 받쳤다. 대리님은 돌담 주변
CCTV와 목격자 증언을 싹 다 모았고 결국 종묘 관리인이
한 일이라는 걸 알아냈다. 고소를 하겠느니 어쩌니 하는

• “운동도 할 겸 자리에서 팔짝팔짝 뛰며”, 성석제, 『황만근은 이렇게
말했다』, 창비, 2002, 126쪽.

대리님을 어르고 달래서 종묘 쪽에 사과를 받는 것으로
마무리 지었다. 그 일로 나는 세상엔 건드리면 안 되는
사람과 건드리면 '잣되는' 사람이 있다는 걸 배웠다.

종묘 관리인 사건 때 우릴 많이 도와준 사람이 있는데,
돌담 맞은편에 사는 참새 아저씨다. 참새 아저씨는 대문
앞에 항상 참새 모이를 줘서 참새 아저씨라고 부른다.
세상엔 귀여운 동물과 그 동물들을 사랑하는 더 귀여운
인간들이 존재한다.

참새 아저씨는 종묘 관리인의 '환경미화' 현장의
목격자였다. 이전에도 비슷한 일이 있어서 참새 아저씨는
이미 종묘 관리인을 알고 있었다. 올봄에 돌담을 따라
개나리가 폈는데 종묘 관리인이 역시나 환경미화를 위해 싹
다 잘라버렸다고. 종묘 관리인은 아무것도 존재하지 않는
상태를 가장 아름답다고 여기는 게 분명하다.

참새 아저씨는 개나리가 잘린 것이 너무 속상해서
종묘 관리인에게 따졌다. 결국 종묘 관리인은 앞으로
개나리를 자르지 않겠다고 약속했다. 대리님은 참새

아저씨의 환경보호 정신에 크게 감명받았고 둘은
세계동물보건기구와 그린피스의 담화 같은 대화를 나눴다.
이기적인 일개 인간인 나는 그 사이에서 종묘 관리인의
고단스러움에 대해 잠시 생각해보았다.

　대리님이 퇴사하신 후 나는 꾸준히 고양이들의
밥을 챙겨줬다. 그런데 며칠 동안 고양이들이 잘 보이지
않았다. 소모임 회원들은 그 이유에 대해 여러 가지
추측을 해보았다. '낮에 너무 더워서 안 나타나는 거다',
'전 대리님을 따라간 거다', '종묘에 너구리가 사는데
개네가 잡아먹은 거다' 등등. 혹시 진짜 너구리가 고양이를
잡아먹었다면 우린 모임을 없애야 할까 아님 너구리
소모임으로 개명을 해야 할까.

　고양이의 행방을 알아내기 위해 우리는 다양한
아이디어를 냈다. '〈TV 동물농장〉에 제보하자', '아이폰
타임랩스로 밤새 무슨 일이 있는지 찍자', '이럴 게 아니라
니 아이폰 좀 일단 저기 둬보자…'.
　회원들 간의 분쟁을 막기 위해 우리는 참새 아저씨에게
도움을 받기로 했다. 우리는 점심시간에 참새 아저씨 집 문

앞에 쪽지를 붙여놨다.

〈참새 아저씨 안녕하세요. 혹시 최근에 고양이들을
보신 적이 있나요? 밥은 없어지는데 고양이들은 볼 수가
없네요. 혹시 너구리가 밥을 먹는 건 아닌지 추측도
해봅니다. 아시는 바가 있으면 아래 번호로 전화 주세요.〉

그날 저녁, 참새 아저씨에게 전화가 왔다. 통화 내용을
요약하자면, '고양이들은 아직 많으며, 밤에 엄청나게
애옹거리면서 싸운다. 발정이 난 것 같다. 최근에 너구리
사체를 발견해서 구청에 신고했다. 하지만 이 근방에
너구리는 더 많으며, 고양이와 너구리가 싸우는 것도
같다'는 내용이었다. 무엇보다 너구리가 진짜 있다는 것에
놀랐다. 나는 고양이 밥을 다 먹어 통통해진 너구리를
상상했다. 육중한 몸 때문에 호다닥 달아나지도 못하고
후우우다아-다악 뛰어가는 모습을 상상했다.

얼마 후에 고양이들은 다시 나타났고 고양이 밥 주는
짓을 자연스럽게 때려치울 수 있을 거란 희망은 사라졌다.
애석하다.

입사 426일 차

날씨 연휴보다 더 좋은 날씨는 없습니다

사무실의 망령

열심히 일하고 싶지 않은 직장인은 없다. 언제나 집중하고 싶고 신속 정확하고 싶다. 그 옛날 짜장면 배달 통에 쓰여 있었을 법한 슬로건을 늘 마음에 품고 살지만 실상은 실수하고 욕먹고 출근길에 퇴근하고 싶고 그렇다.

　더딘 손으로 흐린 눈을 비벼봐도 졸음은 가시지 않고 하마터면 이마로 자판을 칠 뻔한다. 우리를 이렇게 일못*으로 만드는 건 우리의 무능력이 아니다. 바로 '사무실의 망령' 때문이다.

* '일 못하는' 의 준말.

위장 망령

직장인이 되기 전에 내가 생각한 직장인의 머릿속은
대략 이렇다.

〈회사에 온다 → 일한다 → 일 → 일 → 일 → 일 ⋯ →
점심 먹는다 → 다시 일한다 → 일 → 일 → 일 → 일 ⋯ →
퇴근〉

업무 시간의 90퍼센트는 일을 하고 10퍼센트 정도는
휴식을 취한다 생각했다. 하지만 실제 직장인의 뇌는 전혀
그런 식으로 작동하지 않았다.

〈회사에 온다 → 잠든 뇌를 깨워줄 무언가가 필요하다
→ 카페에 간다 → 라떼⋯는 좀 헤비하고 아이스티⋯는
너무 달고⋯ 스무디⋯ 살찌고⋯ 오늘도 아메리카노 →
일을 시작해볼까⋯ 하는데 커피 때문에 입이 좀 찝찌름하다
→ 물을 마시고 싶다 → 텀블러를 씻어 온다 → 물을
마신다 → 쉬가 마렵다 → 화장실에 간다 → 이제 일⋯을
하려는데 배에서 꼬르륵 소리가 난다 → 담백하면서도
포만감 있는 무언가를 먹고 싶다 → 다이제⋯ 에너지바⋯

곤약 젤리… 스콘… → 곧 점심시간인데 먹지 말고 참을까

→ 먹을까 → 참을까 → 먹을까 → 먹는다 → 점심 뭐

먹지 → 국밥… 칼국수… 돈가스… 떡볶이… 어 좋다

떡볶이 → 점심시간이다 → 점심 먹는다 → 배부르다 →

아메리카노로 음식물을 눌러준다 → 그래도 배가 부르다

→ 위장에서 떡이 부는 게 분명하다 → 아메리카노가

목구멍에서 찰랑거린다 → 너무 많이 먹었어 → 난 항상

이런 식이야 → 이러니까 살찌지 → 저녁은 진짜 굶어야지

→ 이제 일을 해보자 일을 해보… 오…오… → 어 졸았다

→ 잠을 깨야… 깨어… → … → 어이쒸 → 젤리를 먹자

→ 편의점 갈까 → 눈치 보이네 → 갈까 → 말까 → 갈까

→ 말까 → 간다 → 으음 맛있네(쫄깃) 이제 일을(쪼올깃)

해볼(쪼-올깃)(쫄깃)(쫄깃)(쫄깃쫄)(깃쫄깃쫄) → 입이

달다 → 탄산수 없나 → 탕비실에 간다 → 탄산수 마신다

→ 똥이 마렵다 → 싼다 → 개☆운 → 5시다 → 5시 반이다

→ 5시 46분이다 → 5시 50분이다 → 5시 55분이다 →

6시다 → 퇴근〉

　　이것이 바로 사악한 위장 망령의 소행이다. 고픔과
부름의 굴레를 끝없이 반복한다. 위장에게 일하기 좋은

이 망령은 흔히 '현타'라고 한다

상태는 단연코 없다. 배고플 때, 겁나 배고플 때, 배가 고픈
듯 안 고플 때, 배가 고프진 않지만 단게 당길 때, 단걸
먹어서 입이 개운치 않을 때, 배불러서 토할 것 같을 때 등등
다양하게 일하기 나쁜 상태만 존재한다. 몸의 이런저런
요구를 들어주느라 정작 일은 못 한다.

우주 망령

우주 망령은 '클라쓰'가 다르다. 아주 철학적인
녀석이다. 주로 새벽 야근이나 고된 노동, 인격 모독 등 빡센
상황에 찾아온다. 혹은 아예 반대로 몹시 지난하고 권태로운
때에 나타나기도 한다. 우주 망령에게 사로잡힌 직장인의
의식은 대략 이렇게 흐른다.

〈일하기 싫다 → 왜 이렇게 일하기 싫을까 → 이렇게
큰 우주에 → 난 우주의 먼지 → 은하계의 찌끄레기 →
이 찌끄레기 같은 삶도 겨우 100년 남짓 → 그중에서
족히 60년은 일을 해야 한다 → 늙고 일할 날만 남은 우주
찌끄레기 → 나는 이렇게 살려고 태어났나 → 그렇지 않다
→ 이건 인생이 아냐 → 자아를 실현해야 한다 → 근데
어차피 찌끄레기인 자아를 실현해봤자 찌끄레기일 텐데 뭐

하러 → 인간이란 대체 뭘까 → 있어도 그만 없어도 그만인
존재 → 신이 싼 똥에 우연히 생긴 효모 → 신은 있을까 →
신이 없다면 이 세상은 우연의 결과일까 → 아무 의미 없이
→ 모두 왜 사는 걸까〉

　　꼬리를 무는 질문들 사이로 꼬르륵 가라앉는다. 주변과
단절되어 존재의 이유와 삶의 의미 같은 것들을 고뇌하다
보면 업무 시간이 순삭* 돼 약간 개이득이기도 하다. 이
망령은 흔히 '현타'라고도 부른다.

　　#해야 하는데 망령
　　해야 하는데 망령은 당장 해야 할 업무는 안 하고,
나중에 해야 할 일들만 생각나게 하는 망령이다. 이 망령에
씌면 갑자기 열정이 맥스가 되면서 평소 귀찮아서 미뤄온
일들을 모두 해치우고 싶은 마음이 된다. 청소든 뭐든
업무 외의 일이라면 무엇이든 하고 싶어진다. 예컨대 이런
식이다.

• '순간 삭제'의 준말. 시간이 순식간에 흘렀다는 뜻.

네이버 메인에서 스크롤을 드륵 내린다. 블핑°이들 사진이 눈에 들어온다. 아 살 빼야 하는데… 한 살이라도 젊을 때 빼야 한 살이라도 더 예쁘게 살지… 아 살을 빼도 예뻐지진 않는구나… 네이버 검색창에 '다이어트 도시락'이라고 쳐본다. 아 기타도 배우고 싶은데 기다… '종로 기타학원'을 검색해본다… 취미 생활은 정말 중요해… 삶을 풍요롭게 하지… 맞아 집 가면 빨래 돌려야지… 어떻게 옷에서 냄새가 그렇게 많이 날까… 옷장이 토를 했나… 카톡 내게 쓰기에 할 일을 적어놓자… 이왕 적는 거 '투 두 리스트'를 만들자… 내 삶과 행복을 위해 정말 중요한 일들이야… 퇴근하면 꼭 해야지…

이 망령은 퇴근하고 SNS를 들여다보는 순간 바로 사라진다.

겉으론 평온하게 타자나 탈칵탈칵 치는 것 같지만

• 지수, 제니, 로제, 리사로 구성된 4인조 여성 아이돌 그룹 '블랙핑크'의 준말.

직장인의 뇌는 매일이 이토록 전쟁이다. 이는 직장인의
잘못이 아니다. 누구든 이산화탄소가 과밀한 회색 건물에
아홉 시간씩 처박혀 있으면 이런 망령에 휩싸이기 마련이다.
망령 퇴치를 위해 주 4일, 하루 여섯 시간 근무제 도입이
시급하다고, 입사 14개월 차 직장인은 강력히 주장하는
바다.

433일 차

 멀끔

셰어하우스 괴담

셰어하우스 입주 3개월 차다. 전에는 경기도에서 서울로 통근을 했는데, 이러다 출근길에 한강 말고 요단강을 건널 것 같아서 이사를 결심했다. 덕분에 하루 통근 시간이 240분에서 40분으로 줄었다. 새로 생긴 200분 동안 무얼 해야 할지 몰라 길가에 서서 손바닥을 내려다보거나 감격에 겨워 하늘로 팔을 뻗고 경중경중 뜀박질을 하는 요즘이다.

셰어하우스는 회사에서 직원들이 사용하도록 제공해주었다. 다섯 명이서 한 집에 보증금 없이 월 30만 원(1인실은 40)에 살 수 있다. 이게 비교적 싸긴 싼데 거저라고 할 만큼 싼 건 아니어서 선심은 베풀고 싶은데

배포가 작은 사람의 호의를 받는 기분이다. 나도 딱 그
정도만 감사하며 살고 있다.

내가 처음 셰어하우스에 온 날, 거실에서 입주자 셋이
마일리 사이러스 영상을 보며 홈트레이닝을 하고 있었다.
입주자 정유민이 주황 바지에 초록 반팔을 입고 스쿼트를
하고 있었는데 뭔가 뿌리째 뽑히는 당근 같았다. 그 혼란한
와중에 김준서가 날 발견하고 플랭크 자세로 반갑게
맞아주었다. 난 그에 대한 화답으로 모나리자 같은 미소를
신비롭게 지어주었다.

그때까지도 나는 알지 못했다. 셰어하우스의
무시무시한 본모습을. 사실 셰어하우스는 괴담이 무성하고
월세 밀린 지박령들의 혼이 떠도는 곳이다. 특히 밤이 되면
어떤 음산한 기운까지 느껴진다. 지금부터 셰어하우스에서
겪은 무시무시한 이야기를 들려주겠다.

#새벽 2시의 침입자
쿵 쿵 쿵 쿵.
쿵쿵 쿵 쿵쿵 쿵쿵.

쿵 쿵 쿵 쿵 쿵쿵쿵쿵쿵쿵.

꿈에 래퍼가 나왔는데 이상하게 랩은 안 하고 계속
비트만 찍었다. 비트의 BPM이 점점 빨라지고 댐핑이
강력해지는 순간… '이건 꿈이고 이 쿵쿵거리는 비트는
현실 세계에서 들려오는 것'이라는 자각이 들었다. 잠결에
핸드폰을 켜보니 새벽 2시였다. 나는 생각했다.

'아무리 전통을 사랑해도 새벽 2시에 집에서 북청
사자놀이를 해서는 안 된다….'

위층의 교양 없음에 비몽사몽 분개하는데 문득 어떤
생각이 들었다.

'여긴 위층이 없는데?'

팔에 소-오-오름이 돋으면서 잠이 확 깼다. 나는 2층
침대 계단을 거의 뛰다시피 내려가 거실로 나갔다. 현관으로
슬금슬금 다가가며 귀를 기울였다. 이 소리는… 이 소리는
철문을 두드리는 소리가 아니었다. 유리문이었다. 홱 돌아
베란다를 보니 검은 실루엣이 베란다 창문을 미친 듯이
두드리고 있었다. 쾅!쾅!쾅!쾅!쾅!

우리 셰어하우스는 입주민들의 안전을 위해 닫히면

월세 밀린 지박령의 혼이 떠도는 곳 …

저절로 잠기는 KCC 창호를 사용하고 있다(PPL 느낌).
그걸 깜빡하고 세탁기를 돌리러 나간 홍수아가 문을
닫아버린 것. 베란다에 안전하게 갇힌 홍수아는 처음엔
"준서야~ 유민아~ 문 좀 열어줘~"하고 소곤소곤 구조
요청을 했다. 그러다 점점 뭔가 불길한 느낌이 물씬 들기에
주먹으로 내리치며 살려달라고 소리쳤다고. 정말이지
홍수아는 나 아니면 죽을 뻔한 것이다. 홍수아가 이번 일을
두고두고 기억하며 내게 두고두고 잘해주면 좋겠다.

#변기가 살아 있다

나는 정유민과 같은 방을 쓴다. 그럼에도 얘기를
해본 적은 별로 없다. 정유민이 깨기 전에 내가 나가고
정유민이 잠든 후에 내가 들어가기 때문이다. 나는 누군가의
생가生家를 관광하는 기분으로 정유민이 남겨놓은 흔적들을
본다. 분리수거된 컵라면이나 맥주 캔, 바닥에 흩어진
화장품, 요가 매트, 책, 버려진 화장솜… 오늘 집에 와서
이런 걸 하고 저런 걸 먹고 또 SNS를 하다 잠들었구나….
정유민은 주로 독사과를 먹고 영면에 든 백설공주처럼
21세기의 독 스마트폰을 품에 꼭 안고 잠든다. 정유민
어머니가 이 꼴을 안 보셔서 정말 다행이야….

나는 그날도 늦게야 집에 도착했다. 근데 웬일인지
정유민이 보이지 않았다. 오늘은 늦나 보다 대수롭지 않게
생각하고 잠이 들었다. 한참 자다 새벽에 화장실에 가려고
2층 침대에서 내려왔다. 근데 정유민은 보이지 않고 그녀의
옷들만 바닥에 흩어져 있었다. 벗어놓았다기보다 옷을 두고
탈출한 모양새였다. 잠결에 그런가 보다 하고 화장실에
들어갔다. 그리고 변기 뚜껑을 올렸는데… 그 순간을
생각하면 아직도 심장이 벌렁거리고… 허준이라도 불러서
맥이라도 짚어야 할 것 같다….

나는 봐버렸다. 살아 있는 변기를! 변기는 아큐브
오렌지 그레이 색 눈동자로 나를 쳐다보고 있었다.
비몽사몽간에 저 변기가 정유미를 잡아먹은 거라는
생각까지 들었다. 코웃음 칠 수도 있지만 새벽에 눈알이
동동 떠 있는 변기를 조우했다고 생각해보라. 우리는 이때껏
변기를 어떻게 대했는가. 우리의 뒷일을 다 받아준 변기를
오히려 더럽다고 업신여기고 〈핸드폰 오염 수치 변기보다
높아, 이대로 괜찮은가〉 같은 뉴스 헤드라인으로나
써먹었다. 그런 변기가 이젠 '이 새꺄, 어제 싼 똥은 좀
심하잖아' 하는 표정으로 날 쳐다보고 있는 것이다!

정유민은 다음 날 정화조가 아니라 거실에서 발견됐다. 술 먹고 거실에서 잠들었다고 한다. 그 와중에 렌즈는 용케 변기에 버리고 갔다고.

#끝

그래 끝이다. 더 이상 에피소드가 없다. 우리나라 사람들은 삼세번에 길들여져서 무조건 세 가지는 있어야 한다고 생각하는데 그건 정말 고정관념이다. 내 얘기는 두 개가 전부다. 나는 집도 없어서 천생 남이랑 한집에 같이 구겨져 사는 직장인이다. 이런 삶에 재미있는 얘기가 세 가지나 있을 리 없다. 아무도 뭐라고 안 했지만 그냥 혼자 찔려서 쉬익거려봤다.

입사 487일 차

날씨 낙엽이 내 각질처럼 소복이 쌓인 날

페북지기로
산다는 것

우리 팀은 H기업의 SNS를 관리한다. 지금 블로그,
페이스북, 인스타그램을 운영하고 있는데 내년엔 네이버
포스트까지 할 예정이다. 이렇게 채널이 많으면 방탕하게
자신의 씨를 뿌린 조선시대 놈팡이처럼 나중엔 무엇이 내
새끼인지 알 도리도 없을 것 같다.

　　자식새끼 같은 채널들 중에서도 유난히 아픈 손가락이
있는데 바로 페이스북이다. 페이스북은 아무도 찾지 않는
골목 시장 같은 느낌이 있다. '대출상담'이나 '유흥가요'
같은 전단지만 홀홀히 나부끼는 폐허 같달까. 지나다니는
사람 중에 손님은 없고, 전단지를 뿌리는 삐끼들만

가득하다. 그 와중에 나도 뭐라도 팔겠다고 확성기에 소리를
지르지만 '한 단에 5000원' '땡처리' '빵빵' 같은 소리에 묻혀
확성기를 들 의지마저 사라지고 만다.

　　그때 저 먼 곳에서 손님처럼 보이는 한 무더기의
사람들이 몰려온다. 그들은 여기저기 기웃거리지만 정작 뭘
사진 않는다. 그들을 일러 '체리피커cherry picker'라 한다. 영어
뜻 그대로 체리처럼 맛있는 부분만 쏙쏙 골라 먹고 돈은
쓰지 않는 사람들을 뜻한다. 페이스북에 스타벅스 기프티콘,
CGV 영화 티켓 같은 경품을 주는 이벤트가 쏟아져
나오면서 이벤트에만 전문적으로(?) 참여하는 사람들이
생긴 거다.
　　이들은 페이지를 팔로우하는 이벤트에 참여했다가
이벤트가 끝나면 팔로우를 취소하는 식으로 경품만 쏙쏙
타먹는다. 이들은 주로 젊은 여자 프로필 사진과 평범한
아이디를 걸고 "#엔젤리너스 #20주년 넘넘 추카해여
(폭죽)(폭죽)(웃음)(웃음) 커피라면 죽고 못 사는 내
친구 @이지은 소환 >_<" 같은 댓글을 브랜드 이름만 바꿔
여기저기 쓰고 다닌다.

페이스북은 이제 전단지만
홀홀히 나부끼는 폐허 같은 느낌이다

체리피커인지 아닌지는 그 사람의 페이지에 들어가보면 확실히 알 수 있다. 이들의 페이지는 이벤트 공유 게시물로 도배된 경우가 많다. 네네치킨 이벤트 아래, 코웨이 이벤트 아래, 현대자동차 아래, 맥도날드 아래, 공차 아래, 씨유 아래, 맥스웰 하우스 아래, 던킨도넛 아래, 배스킨라빈스… 모든 브랜드가 한자리에 모이는 대통합의 장. 하루에 100개 이상의 게시물을 공유하는 기염을 토해내는 체리피커도 있다. 이 정도면 직업란에 체리피커라고 적어야 하는 게 아닐까.

체리피커 세계에도 나름의 배려와 상도덕이 있다. 일단 좋은 이벤트를 보면 체리피커들끼리 서로서로 태그하고 공유한다. 이 체리피커가 저 체리피커를 태그하고 저 체리피커가 그 체리피커를 불러오는 체리피커계의 순환. 그래서 이벤트 당첨자를 뽑아놓으면 신기하게도 서로 다 아는 사람인 상황이 벌어진다. 당첨자 발표 게시물에서 체리피커들이 댓글로 서로의 당첨을 축하해주는 훈훈한 풍경을 보면 누구를 위한 이벤트인지 숙고해보게 된다. 이벤트란 무엇인가.

체리피커라고 다 같은 체리피커는 아니다. 이 중에도 악질이 있다. 이들은 아이디를 계속 바꿔가며 이벤트에 참여한다. 페북지기가 당첨자를 뽑을 때 이전 이벤트에 당첨됐던 사람은 뽑지 않는다는 사실을 아는 배우신 분들이다. 체리피커의 생태계를 뒤흔드는 이 배스 같은 분들은 경품을 닥치는 대로 먹기 때문에 '이벤트 헌터'라고 불린다. 가끔 페이스북 메시지로 체리피커가 이벤트 헌터를 신고하는 경우가 있다. 예컨대

〈지기님, 이벤트 헌터 신고합니닷!!!
김수지=김세진=김세현=김세르비아 모두 동일
인물입니다! 공정한 선정 부탁드립니다 ㅠㅠ〉

같은 메시지를 보낸다. 보고 있자면 유치원 아이들이 '애가 잘못해써여 아니에여 쟤가 먼저 그래떠여' 하는 귀여운 투정을 부리는 것 같아 한 대씩 쥐어박고 싶고 그렇다.

페북지기로 산다는 건 마치 외래종만 득실대는 연못에서 산천어를 낚겠다고 떡밥만 뿌리는 것과

같다. 고객사에게 "이건 돈을 버리는 짓입니다! 차라리
손님들한테 만 원씩 쥐어 보내요!"라고 소리치고 싶지만
그럼 당장 직장을 잃기 때문에 어떻게든 "아직 페북을
하는 사람이 많고… 효과적이니… 눈먼 돈을 조금만 더
내어주세요…" 하는 말을 경력 짧은 사기꾼처럼 읊조리는
것이다. 앞으로 기업은 '페이스북은 다 망해가니 얼씬도
하지 말라'고 하는 강직한 충신 같은 대행사가 있다면
삼고초려라도 해서 뫼셔 오길 바란다.

몸살

아… 이건… 이건 각이다…

　몸살 각이다…

　입사 이래로 한 번도 아픈 적이 없었다. 야근하며 먹는 야식은 몸을 살찌우고 택시 퇴근은 심신을 편안케 하니 아플 이유가 무엇이랴. 직장인의 3대 영양소 카페인, 타우린, 니코틴까지 챙겨 먹으니 몸도 튼튼! 마음도 튼튼!

　이런 내가 몸살이라니. 아무래도 2주 전부터 살 빼겠다고 헬스니 뭐니 염병을 한 게 원인인 것 같다. 사람이 야근하고 헬스하고 야근하고 헬스하면 살이 아니라 뇌가 빠지며, 퀭하고 해쓱하니 아프냐는 소릴 듣는다. 게다가 이젠 진짜 아프기까지! 운동은 만병의 근원이라는 말이

괜히 나온 게 아니다. 분명 운동 때문에 아픈 건데 산재 처리하고 싶은 건 기분 탓이겠지.

아침에 일어나니 몸살 기운이 물씬 느껴졌다. 누워서 생각했다.

'연차를 쓰자. 있어도 쓰질 못해 옆구리 살처럼 두둑이 쌓여만 있지 않나.'

'아니다. 오늘까지 완성해야 하는 보고서가 있다.'

노동자의 권리와 노예근성이 머릿속에서 치열하게 싸웠다. 격전의 소음이 몸을 뒤척일 때마다 "끄으으…"하고 새어 나왔다. 그때 〈진짜 일어나야 함〉 알람이 총성처럼 울렸다. 노예 해방을 부르짖던 머릿속 링컨은 총성과 동시에 사라져버렸다. 결국 나는 갓 태어난 새끼 노루처럼 바들거리며 2층 침대를 내려왔다.

머리도 못 감고 집을 나섰다. 누군가 대가리에 스매싱을 날린 것 같은 헤어스타일로 버스를 타러 갔다. 거의 걸어 다니는 손현주 짤. 패딩처럼 생긴 비니루 사이로 바람이 스몄다. 눈물이 질금질금 났다.

'나는 너무 불쌍하다. 태생이 열심히 살면 안 될 몸인데

모니터에 왜
손현주가 있냐,,,

야근에 헬스까지 하느라 이렇게 아프다.'

자기연민이 점점 과해지다가 문득 좋은 생각이 났다.

'회사에서 울자. 그럼 반차를 쓰라고 하겠지.'

속이 메슥거려 헛구역질을 하면서도 야무지게 그런
다짐을 했다.

출근하자마자 카톡을 켜서 동기방, 소모임방, 사원방 할
것 없이 아프다는 소식을 알렸다. 카톡으로 날아오는 걱정에
취해 오열 각을 슬슬 잡았다. 근데 이게 막상 울려고 하니
눈물이 안 났다. 온갖 서러운 생각에 엄마 생각, 돼지라고
놀림받던 유년의 기억까지 동원해도 입만 움찔거리고
눈물이 나오질 않았다. 흐으응… 하고 눈물샘에 시동을
걸어봐도 눈알이 헛구역질하는 것처럼 폼만 잡을 뿐이었다.
한참 그러다 어두워진 모니터에 비친 울먹이는 손현주를
발견하곤 눈물 짜내기를 관뒀다.

점심시간에 병원에 갔다. 순서를 기다리면서 '생명에 큰
지장 없으면서 전염성 강한 병'을 검색해봤다. 노로바이러스
정도 기대했는데 그냥 미열이라고 해서 약 타서 나왔다.
편의점에 들러 죽을 사 먹었다. 버섯 전복죽이었는데 너무

맛이 없었다. 〈설국열차〉에 나오는 프로틴 바를 걸쭉하게
녹인 느낌. 그런 생각까지 드니 아파서 토하는 게 아니라
이걸 먹다 토하겠다 싶어 몇 숟갈 못 먹고 나왔다. 회사로
돌아가는데 아까는 안 나오던 눈물이 왈칵 났다. 회사 사람
누구라도 지나가다 좀 보시라고 닦지도 않고 허엉헝 울면서
걸었다. 그 와중에 '이거 일기에 쓰면 재미있겠다' 싶어서
울다가 허헝흐어엉 웃었다.

결국 오후 내 끙끙거리는 사원을 보다 못한 팀장님이
반차를 쓰라고 했다. 그 말을 듣고 갑자기 기분이 좋아져서
씨익 웃었다가 반차 못 쓸 뻔했다. 건강이 최고라는 말은
거짓이다. 건강하게 일하는 것보다 아프게 연차 쓰는 게
더 '개꿀'이더라. 열에 신음하며 땀을 비질비질 흘리는
와중에도 업무 시간에 침대에 누워 있을 수 있어 행복한
오후였다.

518일 차

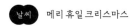 메리 휴일 크리스마스

신입의 기준

"어떠세요…? 이사님?"

"모… 나쁘지 않네요."

"하… 다행이네요."

우리 팀 회의 시간에 자주 들리는 대화다. 여기서
이사님은 나다. 사원인데 마치 이사처럼 팀장과 대리
아이디어를 컨펌한다고 팀장님이 붙여준 별명이다. '상사들
말하는데 이건 괜찮네요 그건 좀 아니네요 싸가지 없이
대꾸하는 어린놈'이라고 할 수 없으니 비유적으로 "어이구
빵떡씨가 우리 팀 이사님이지"라고 하시는 거다. 참
온건하신 분이다.

이 일기를 처음 쓸 때만 해도 노른자 뚝뚝 떨어지는 햇병아리 신입이어서 저런 짓은 상상도 못 했다. 그때는 팀장님 담배 피우실 때 연기 지나갈 길도 터주고, 팀장님 낮잠 안 깨게 꿀꽈배기도 녹여 먹고, 팀장님 말씀하실 땐 식물 광합성 하는 소리도 못 나게 하고 그랬다. 그런 시절을 지나 이제 어엿한 2년 차가 된 것이다.

어느 날, 점심을 다 먹고서도 회사에 들어가기 싫어 밑반찬으로 나온 맛살을 한 올 한 올 찢고 있었다.

"빵떡씨 1시 넘었어요. 들어가죠?"
"아아… 10분만… 아니 5분만 더 있다 가요."
"이야, 빵떡씨 이제 신입 아니라고 여유가 좀 있네?"

그 말을 듣는데 문득 '나는 언제 신입사원이 아니게 되었는가' 하는 생각이 들었다. 신입사원과 그냥 사원의 기준은 무엇인가? 나는 분명 작년만 해도 신입사원이었는데 지금은 누가 봐도 신입의 행색은 아니다. 대체 나는 언제 신입에서 탈피했을까? 이 글을 읽고 스스로가 신입사원인지 그냥 사원인지 쓸데없이 궁금해졌을 전국의(?) 사원들을

쫄린다면 신입사원   졸리다면 그냥 사원

위해 자가 진단을 준비해보았다.

#상사가 일을 시켰을 때

'이걸 내가 어떻게 하지?'라면 신입사원.

'이걸 내가 왜 해야 하지?'라면 그냥 사원.

신입 땐 일을 시켜주는 것만으로도 감사했다. 사실
신입에게 일을 시키면 일이 줄어드는 게 아니라 배가
된다. 일 알려줘야 되지 물어보면 답해줘야 되지 다 끝내면
검토해줘야 되지. 사수들은 '그럴 바엔 차라리 내가 하고
만다'는 생각에 신입을 앉혀만 두기도 한다. 그래서 난
지렁이보다 팔 두 개 다리 두 개 더 있을 뿐인 내게 사수가
일을 주는 것만으로도 감격에 겨웠었다. 이 일을 잘해내서
상사들에게 꼭 인정받겠다는 참혹히도 신입다운 열의가
있을 때였다.

이제는 일이 비처럼 내려오고 바람처럼 불어온다.
사실 2년 차가 되면 누가 일을 시킨다기보다 그냥 내 일이
존재한다. 어디서 비롯되어 언제부터 그곳에 있었는지는
모르겠으나 내 몫의 일이 '있다'. 거기에 누가 다른 일까지

없으면 '이 일을 내가 왜 해야 하지…' 하는 생각부터 든다.
그때부터 '반드시 내가 해야 하는 일인가'를 조목조목
따져본다. 대리가 해야 할 일은 아닌지, 내일 해도 될 일은
아닌지, 아예 하지 않는다면 사무실이 무너지고 팀장이 인턴
되는 중차대한 일인지 면밀히 따져본다. 아무리 생각해도
내가 해야 할 일일 때 '시바…' 하는 욕 같은 한숨, 줄여서
욕숨을 나직이 뱉고 일을 떠맡는다.

#미팅에서
쫄린다면 신입사원.
졸리다면 그냥 사원.

신입 때나 지금이나 미팅은 싫다. 하지만 그때와 지금은
싫은 핀트가 조금 다르다. 신입 땐 미팅만 생각해도 너무
쫄렸다.

'나 때문에 이 중요한 미팅이 어그러지면 어떡하지…
내가 실수를 해서… 이상한 아이디어를 내서… 대답을
못해서….'

하지만 그런 생각은 사실 자의식 과잉이다. 실상은 회의실 맨 끄트머리에 앉아 흰 종이는 얼마나 희며 까만 글씨는 또 얼마나 까만지 바라만 보다 오는 경우가 대부분이다. 차 키에 달린 키링처럼 나는 있어도 그만 없어도 그만인 옵션이란 걸 깨닫는 데는 그리 오랜 시간이 걸리지 않는다.

지금은 그저 졸리다. 가장 악명 높은 미팅은 점심시간 직후 미팅. 초, 중, 고 세 모교의 교장 선생님들을 뫼셔 놓고 자장가 3중주를 시켜도 이보다 졸리지는 않을 거다. 사무실에 있을 때처럼 잠을 깨기 위해 미스트를 뿌리거나 화장실에 다녀올 수도 없다. 그저 목석처럼 앉아서 '하나님 제발 잠 좀 깨게 해주세요' 하고 비는 수밖에 없는데, 속으로 빌다가 또 졸기 때문에 기도는 항상 하늘에 닿기 전에 땅에 떨어진다.

명함이라도 안 챙겨 오면 하늘이 무너지고 땅이 무너지는 미팅을 거듭하다 보면, 살짝 졸다 팀장님이랑 눈 마주쳐도 미소로 화답하는 젠틀한 2년 차 사원이 된다.

#혼날 때

울음을 참기 힘들다면 신입사원.

울분을 참기 힘들다면 그냥 사원.

팀장님 책상의 담뱃갑을 봤다가 눈알을 굴려
아로나민골드 박스를 봤다가 고개를 살짝 들어 팀장님
머리 위 달력을 봤다가 다시 담뱃갑에서 아로나민골드,
달력으로 이어지는 시선의 트라이앵글. 내가 혼날 때 눈물을
참는 방법이었다. 혼내는 걸 그대로 듣고 있다간 별님반
어린이처럼 울어버릴 것 같았기 때문이다. 쓸모없는 나…
이것도 제대로 못 하는 나… 오늘은 밥값도 못 했다는
생각에 속으로 오열 육열 웬열이었다.

지금도 혼은 난다. 하지만 양상이 전과 다르다. 선생이
학생을 질책하는 느낌이라기보다 오래된 부부가 어제
싸웠던 이유로 오늘 또 싸우며 '내가 너 때문에 제명에
못 살지' '아이구 내 팔자' 하는 느낌이다. 어르고 달래고
혼내고 화해하는 지긋지긋한 감정 소모의 반복.

이제는 잔소리를 고분고분 듣고 있질 못한다. 귀는

혼나고 있는데 뇌에선 '이게 진짜 내 잘못인가'를 주제로
치열한 공방이 벌어진다.

'실수를 한 건 팩트다.'

'일을 소 여물 주듯 왕창 줘놓고 제대로 되길 바라냐.'

'일 많다고 다 실수하냐.'

'팀장님도 실수하잖아.'

'너는 남 잘못만 잘 기억하더라.'

'나는 잘못이 없으니까! 회사를 위해 소처럼 일한
잘못밖에 없다!!'

두 자아가 거의 머리채를 잡을 지경이 돼 정신을
차려보면 충혈된 눈으로 팀장님의 인중을 노려보는
스스로를 발견할 수 있다.

경력이 쌓이면 경력에 맞는 책임감과 능력을 갖춰야
하는데 요령만 늘었다. 경력이 쌓여도 월급은 쌓이지 않기
때문일 거라 생각해본다. 이렇게 다들 어른이 된다.

545일 차

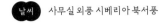 사무실 외풍 시베리아 북서풍

제안

대행사에 다니면 '제안'이란 걸 한다. 예를 들어 A기업이
'※우리 회사 홍보 대신해줄 파티원 급구※'라고 공지를
올린다. 그럼 대행사가 '우리가 신문 기사도 써주고 SNS도
해주고 행사도 해줄게'라고 '제안'을 하는 것이다. 그걸 이제
PPT 100장 정도로 써주고 100장을 넘기다가 클라이언트가
팔이 아플 수도 있으니 직접 가서 설명(=프레젠테이션)도
해주고 그런다.

　　제안은 21세기에 걸맞게 능력 중심적이고 민주적인
제도다. 대행사들이 동등한 참여 기회(A기업 팀장과
B대행사 팀장이 친하지 않은 경우에 한함)를 얻어 능력을

천하제일
제안대회

어필하고, 기업이 적합한 대행사를 골라 같이 일한다. 나는 이 시스템을 애정하고 신뢰해 마지않는다. 그러나 세상 그 무엇도 완벽할 순 없는 법. 제안에도 흠은 있다. 옥의 생활 기스 같은 결함을 짚어보려 한다.

#아가리는 하나, 젓가락은 여러 개

돈 많은 카우치 포테이토*가 있다. 카우치 포테이토는 밥을 먹고 싶지만 팔 한 짝 올리기도 귀찮다. 그는 자신을 대신해 밥을 먹여줄 사람을 구한다. 그러자 사방에서 밥 좀 먹여봤다는 애들이 쏟아져 나온다. 칼질 좀 해본 자객은 스테이크를 썰어주겠다 한다. 정약용도 거중기를 끼익끼익 끌고 와 '무거운 음식도 아가리 입구까지 모셔드립니다!'라고 떠든다. 관우는 청룡언월도로 콩자반을 집어 위장까지 '원샷원킬'로 보내주겠다 호언장담한다.

아가리는 하나인데, 먹여주겠다는 애들은 바글바글.

---

* 온종일 소파에 앉아 감자 칩을 먹는 사람이라는 뜻으로, 게으른 사람을 이르는 서양의 농지거리.

일을 시키는 기업은 별로 없는데 대신해주겠다는 대행사만 우글우글. 이제부턴 대행사끼리 제 살 깎아먹기 식 싸움이다. 누가 누가 더 싼값에 대행을 해주나 겨루는 거다. 진흙탕 싸움 수준이 거의 보령 머드 축제. 기업이 먼저 가격을 제시하는 게 아니라 대행사가 가격을 입찰하는(경매처럼) 방식이기 때문에 이런 사달이 난다. 기업은 팔짱을 끼고 대행사끼리 서로 싸게 해주겠다며 치고받는 걸 구경만 하면 된다. 결국 500원 주고 매점에서 딸기우유랑 크림빵에 빵또아까지 사다 주는 꼴이 된다.

#제안은 돈을 안 준다

제안은 따 와야 돈이 된다. 무슨 소리냐면, 제안하는 것 자체는 돈이 안 된다. 취업 준비할 때를 생각해보자. '자소서'를 아무리 많이 내고 면접을 아무리 많이 봐도 돈을 주지 않는다. 취직을 해야 월급을 받는다. 이처럼 제안이 간택되어야만 그때부터 돈을 받는다. 그래서 제안은 주로 야근을 하며 준비한다. 업무 시간 동안은 돈이 되는 '실행(제안이 성공해서 실제로 일하는 것)'을 하고, 돈이 안 되는 제안은 '플러스 알파' 시간에 하는 것이다.

그렇다고 1년 밥벌이가 걸린 제안을 대충할 수도

없다. 그림판에 뽀작뽀작 그려서 대강 이렇게 하겠소라고
하면 성의도 없어 뵈고 잘 알아먹지도 못해서 디자이너가
실제랑 똑같이 그래픽 작업도 하고, 시뮬레이션 영상도
만든다. 예컨대 행사를 열겠다고 하면 부스는 이렇게 꾸미고
플래카드는 이렇게 만들고 기념품은 이렇게 제작한다는 걸
가상으로 디자인해서 보여주는 거다. 공부하기 싫어하는
학생의 머리통을 열고 뇌에 2차함수를 스캔해주는 수준.
그렇게 시간 들이고 돈 들인 제안이 떨어지면 다시 그 짓의
반복이다.

#짜치기[*]

100장짜리 제안서를 열어보면 순서는 대략 이렇다.

1. 상황 분석(너네 물건이 이렇게나 안 팔린단다.)

2. 콘셉트 제안(그래서 이렇게 홍보할 거야.)

3. 실행 방안(자세한 내용은 이런데 진짜 이대로 할 수
있을진 모르겠어.)

'상황 분석'에선 사람들이 기업을 어떻게 생각하는지,

---

[*] 수준이 모자라거나 기대치에 미치지 못하는 경우, 성과물 등이 3류라고
생각되는 경우에 쓰임.

물건은 얼마나 팔리는지, 경쟁사는 어떻게 홍보하고 있는지, 트렌드는 뭔지 에베베베 다 분석한다. '콘셉트 제안'과 '실행 방안'에선 분석한 걸 바탕으로 어떻게 홍보를 할지 방법을 제시한다.

하지만 이런 순서는 아주 이상적인 거고, 실제로는 '너희 회사는 이것도 저것도 다 문제니 그냥 불을 지르자'고 하고 싶어진다. 게다가 시간도 없으니 대행사는 '짜치는' 방법을 쓴다. 상황 분석부터 하는 게 아니라 실행 방안부터 정하는 거다.

일단 해외 사례를 베낀다. '왜 있잖아 요즘 많이들 하는 그런 거'를 찾아서 넣는다. 만약 '이건 ○○기업이 한 것과 너무 비슷한데요?'라고 하면 '트렌드입니다'라고 답한다.

다음으로 실행 방안들을 싸그리 묶을 만한 콘셉트를 정한다. 예컨대 '저희 제안 콘셉트는 소확행이 아닌, 킹확행입니다! 고객들에게 버거킹은 확실한 행복이라는 메시지를 주겠습니다!' 같은 명학산에 방구 메아리치는 소리를 하는 것이다.

마지막으로 콘셉트에 맞는 자료만 쏙쏙 골라서 상황 분석 부분에 넣으면 끝.

이렇게 되면 일하는 순서가 ‹1.실행 방안 2.콘셉트
제안 3.상황 분석›으로 완전히 거꾸로 된다. 모든 자료를
다 분석하지 않고 말 되는 것만 짜 맞추면 되니 이런
'갓성비'가 또 없다. 이렇게 완성된 제안서는 나중에
맥확행(맥도날드는 확실한 행복)으로 바꿔서 맥도날드에도
써먹을 수 있다. 업계에선 이걸 소위 '우라까이'라고 한다.

다 쓰고 나니 뭔가 개운하게 비참하다. 동생이
이걸 우리 팀장님이 보시면 내 블로그 제목인 ‹빵떡씨
홍보대행사 다니는 그림일기›가 아니라 '다녔던'
그림일기가 될 거라고 했다. 무섭다.

4장 관성기

이렇게 또 한 명의
천재가 빛을 잃어간다

귀찮아

작년에 연차 열다섯 개 중 아홉 개를 못 썼다. 일이 많았던 탓도 있지만 연차 쓰기가 너무 귀찮았다. 대리님한테 허락받고 팀장님한테 허락받고 일도 미리 해두고 업무 백업해달라고 부탁하고… 그러느니 그냥 연차를 안 쓰고 말았다. 줘도 못 쓰는 연차… 관성의 힘으로 나아가는 삶… 나태지옥 캐스팅 1순위….

　19세까지 인생의 열심을 모두 소진하고 판도라의 상자 밑바닥을 보니 남은 것은 나태뿐이었다. 게으름의 달콤함에 입맛을 다시며 어떻게 하면 삶에서 귀찮은 일들을 배제할 수 있을지 골몰했다. 뭔가를 할지 말지 결정할 때도 이 일이

회사에서
말 걸지마...
인사하지마...
아는 척 하지마...

나태지옥 캐스팅 1순위

귀찮은 일인지 아닌지 제일 먼저 생각했다. 어떤 일이든
"귀찮아…"라고 하면 안 해도 되는 타당한 명분이 생기는
기분. 25년간 비만해 있는 데에도 지병 같은 만성 귀찮음이
일조했을 것이다.

　　이런 가치관을 가진 사람에게 연말 정산이란, 연말
정산이란(강조) 신념을 뒤흔드는 거대한 위기다. 국세청과
액티브엑스와 공인인증서가 도원결의를 맺고 나의 행복을
함락하는 짓이다. 지난달에도 연말 정산을 하루 이틀 미루고
있었다. '다만 몇만 원이라도 더 타내려면 소득공제를
받아야 한다'는 생각에 시름시름 앓았다.
　　그러다 문득 '내가 게을러서 받을 돈을 못 받는 게
아니라, 돈을 내고 소득공제를 안 하는 행복을 산다고
생각하면 어떨까' 하는 생각이 들었다. 이래서 생각의
전환은 중요하다. 세상을 조금만 달리 보면 누구나
'정신승리'의 쾌거를 누릴 수 있다.

　　룰루랄라 소득공제 아무것도 안 받고 연말 정산을
끝냈다. 새삼 직장이란 얼마나 비만한 귀찮음 덩어리인가
하는 생각이 들었다. 회사에선 인사하기, 웃기, 말하기 등이

죄 귀찮다(먹기 제외). 이는 회사에서 하는 모든 행동이
자연스러운 의지에서 나오는 게 아니라, 필요에 의해 억지로
하는 것이기 때문이다.

특히 회사에서는 억지로 웃어야 하는 경우가 많다.
때문에 직장인들은 항상 밥을 잘 챙겨 먹어야 한다. 공복
상태에서는 웃음이 제대로 나오지 않기 때문이다. 공복의
웃음은 웃음이라기보다 바람 빼기에 가깝다. "아몬드가
죽으면 다이아몬드라구요? 아!하!하!하!" 하고 웃어야 할
것이 "흐으아흐…" 정도로 출력된다.

말 한마디를 하려 해도 아가리가 무거워 입이 떨어지질
않는다. 그런 이유로 누가 "아 나 잘 못 들었어. 다시
말해줘"라고 하면 쓸모없는 귓구멍에 침이라도 뱉고 싶은
인성 대통령 같은 충동이 차오른다. 회의 시간에 비슷한
충동질을 하는 멘트로는
  ― 돌아가면서 한 마디씩 할까?
  ― 무슨 뜻인지 이해가 안 되는데
  ― 아이디어 디벨롭해 왔지?
  등이 있다. 나는 평소 회의 시간에 '회의록을

작성하느라 아이디어를 잘 못 내는 사원' 포지션을
고수하는데 저런 멘트에는 먹히지 않는다.

어린아이가 '맘마' '빠빠' '빠방'밖에 말할 줄 모르는
것처럼 회사원은 '배고파' '졸려' '퇴근할래'밖에 말할 줄
모른다. 간혹 긴 얘기를 해야 할 땐 제풀에 귀찮아지기도
한다.

"그래서 내가 그때…."

"응응."

"…."

"그때 뭐?"

"…말하기 귀찮아졌어…."

"…그래서 말하다 중간에 그만둔 거야?"

"응…."

"빵떡아."

"…?"

"숨은 왜 쉬어…? 귀찮은데?"

"…그러게…."

이런 이유로 회사에선 아무도 말 걸지 않았으면 좋겠다. 낯빛 다크초콜릿 톤인 거 딱 뵈니까 마주쳐도 안부 인사는 생략했으면 좋겠다. 그냥 벽장 같은 데에 갇혀서 최민식이 군만두 받듯 일거리 받아서 하다가 6시에 풀려나면 좋겠다. 나의 심각한 양성 귀찮음증을 밝혔으니 이 글을 쓰는 데 얼마나 큰 의지가 필요했을지 다들 알아주길 바란다.

전세 수난기

몇 주 전부터 동생이랑 전셋집을 알아보러 다녔다. 나는
셰어하우스 생활을, 동생은 네 시간 통근을 청산하기
위함이었다. 우리 회사는 종로에 있고 동생 회사는 상암에
있다. 두 곳 사이에 있는 집값 가장 싼 동네를 찾는 게
우리의 미션이었다. 서로 자기 회사에 1미터라도 가까운
데를 찾으려다 우애와 양심을 다 잃을 뻔했다.

내가 전세를 구한다고 하니 홍대 다니는 애가 싼
전셋집 찾다가 김포공항까지 갔다는 얘기를 해줬다. 그때
진짜 유쾌한 친구라고 쳐웃었는데 내가 왜 그랬을까 진짜
처맞을라고. 오늘의 이야기는 입사 2년 차 직장인이 없는

돈으로 전세를 구할 때 생기는 일이다.

　동생과 나는 집에 대해선 아무것도 몰랐다. 그래서
용감했다. 우리는 부동산 문을 열고 '깔끔하고 버스정류장
가까운 8천 투룸'이라고 외쳤다. 부동산 아저씨는 되게
멍청한데 또 되게 당당한 남매의 조건에 당황한 기색이
역력했다. 그는 "쓰흐으으으읍…흐아아" 하며 그 일대
미세먼지를 이산화탄소로 치환하길 반복했다. 미간이
플룸라이드를 타기 좋게 파였을 때 부동산 아저씨는 자리를
박차고 일어났다.

　"여기가 옥탑이라서 천장이 쬐해애끔 낮은데, 아니
많이 말고 쬐애끔, 째애애애애끔."

　부동산 아저씨가 가는 내내 밑밥을 까는 게 몹시
수상했다. 아니나 다를까 도착한 곳은 〈모모와 다락방의
수상한 요괴들〉에 나오는 다락방 같은 집이었다. 모모는
요괴보다 목 디스크를 조심했어야 했다. 뭐 못 살 건 없어
보였는데 다만 대가리를 썰어서 옆구리에 끼고 다녀야 할
뿐이었다. 그 전에 아저씨 목부터 썰어야겠다는 불경한

없는 돈으로
전셋집 구할 때
생기는 일

생각이 떠오르기에 얼른 떨쳐버렸다.

  8000이면 집이 아니라 사육장이라는 걸 깨닫고 예산을
상향 조정했다. 아저씨는 1억짜리 집이 있다며 우리를
데려갔다. 단위가 바뀌니 이제 좀 인간이 살 만한 구색이
나왔다. 평수도 나쁘지 않고… 채광이랑 수압도 괜찮고…
근데 화장실이… 화장실이…? 아저씨는 서프라이즈 고백을
준비한 남자 친구처럼 짜잔 하며 계단 밑 문을 열어젖혔다.
  변기가 계단 밑에 박혀 있는 XS사이즈 화장실이었다.
허리를 펴고 똥을 쌀 수가 없잖아… 로댕은 이런 변기에
앉아 생각하는 사람을 떠올렸을까. 이 자세로 똥을 싼다면
장까지 살아가는 유산균을 아무리 처먹어도 구부러진
장에서 길을 잃고 다 디질 것이다….

  아저씨에게 졌지만 잘 싸웠다는 미소를 남기고 다른
부동산으로 갔다. 두 번째 부동산의 아주머니는 당장
6000에 15짜리 투룸을 보여주겠다고 했다. 동생과 나는 '오
서울에 그런 혜자한* 곳이?'라는 기대보다 '얼마나 인간이
살 수 없는 곳이기에' 하는 궁금증에 따라갔다. 아주머니는
부동산에서 세 발짝 걷더니 바로 옆 창고 문을 열어주었다.

'맙소사 창고가 아니라 집이었어….'

해리포터가 살던 두들리네 벽장 같은 집이었다. 인간이 여기서 살 수 있다면 그것이 바로 마법이다…. 문을 여니 해리포터 대신 방이 바로 튀어나왔다. 현관문에서 길까지 나오는 시간이 0.1초라 출근 시간이 줄어드는 장점이 있었다.

이런 하자 있는 집에 가면 부동산 아주머니들의 '쉴드용' 멘트가 아주 가관이다.

"계단이 너무 가파른데, 올라가다 다치는 거 아니에요?"
"어머어, 술 안 먹으면 되지이."

"방이 너무 좁은데요…."
"책상 밑에 발 넣고 누우면 따악- 맞아."

• 양과 질이 훌륭하다라는 뜻. 배우 김혜자의 이름을 딴 편의점 도시락이 대중에게 좋은 반응을 얻으면서 나온 말이다.

"방 한가운데에 기둥이 있어요…!"

"피해 다니면 되지!"

배에 구멍 뚫고 자라고 하진 않으시네요… 욕지기처럼
치미는 감사함을 꾹꾹 눌렀다. 묘하게 내 시선을 피하는
모습에서 부동산 아주머니의 한 줌 남은 양심을 느낄 수
있었다.

이런 집들을 열 군데쯤 보고 나면 '문 달린 곳이면
어디든 계약하겠다'는 마음과 '아무 데도 마음에 안 들어
죽고 싶다'는 양가감정이 든다.

하지만 이렇게 생각해보면 어떨까. 노트북을 사면
옵션을 본체에 맞춘다. 밥을 먹을 때도 디저트를 메인
요리에 맞춘다. 핸드폰을 살 때도 케이스를 본체에 맞춘다.
무엇이든 싼 것을 비싼 것에 맞추는 게 순리다. 그러니 싼
나를 비싼 집에 맞추는 게 인지상정!(유레카) 값싼 인간인
주제에 내게 맞는 집을 고르려 하다니. 건물 님께 몸을
맞춰야지 예끼 이놈.

이 짓을 몇 주 반복하고 결국 계약을 하긴 했다. 화장실
정도만 내 돈으로 사고 나머지는 은행이 사줄 거다.

600일 차

 비 조금 미세먼지 조금 추위 조금…
조금씩 모여 최악이 되는 신기함

실수

실수도 계속되면 더 이상 실수가 아니다. 맞는 말이다. 나
정도로 실수를 하면 능력이 없는 것이다. 나는 대리님이
끙끙 앓고 팀장님이 살 빠질 만큼 실수를 자주 한다. 특히
메일을 못 쓰는 분야에 특화돼 있다. 파일을 잘못 첨부하고,
아예 빼먹고, 내용을 쓰다 말고, 참조를 잘못 걸고, 링크를
잘못 쓰고, 이미지가 깨지고….

신입 때부터 지금까지 고쳐지지 않는 버릇이다. 신입
때와 다른 점이 있다면, 그땐 쭈굴쭈굴 눈치를 보며 실수를
했고, 지금은 '자르던가' 같은 당당한 마인드로 실수를
한다는 점이다.

이게 다 팀장님이 날 너무 오냐오냐 키워서 그렇다.
내가 실수를 했을 때 팀장님이 빡세게 혼냈다면 이 지경이
되진 않았을 텐데! 어릴 때 읽은 동화 중에 잦은 도둑질로
감옥에 간 아들이 면회 온 어머니에게 "어머니께서
혼내셨다면 전 도둑이 되지 않았을 거예요!"라고 말하며
얼굴에 침을 뱉었다는 이야기가 있다. 꼭 나 같아서 갑자기
생각났다.

한번은 파일을 잘못 보내서 시말서를 쓴 적이 있다.
사건의 경위는 이랬다.

〈내가 이벤트 당첨자를 뽑아 리스트를 작성함 → 중복
당첨자가 있어서 리스트를 수정함 → 클라이언트에게
리스트를 보냄(이때 수정 후 리스트를 보냈어야 하는데
수정 전 리스트를 보냄) → 나는 수정 후 리스트로
당첨자 발표 → 클라이언트가 자기가 받은 리스트와
발표된 리스트가 다르다는 걸 알게 됨 → 클라이언트
화남 → 시말서〉

'이게 시말서를 쓸 만큼 큰 잘못인가'.

돈을 날리거나 고객사를 욕 먹인 건 아니었다. 하지만 아무튼 클라이언트가 화가 났다는 게 중요했다. 동화 속 도둑처럼 클라이언트 얼굴에 침을 뱉고 싶었으나 내가 잘못한 건 사실이니 얌전히 시말서를 썼다. 시말서 양식을 출력해 4b 연필로 사각사각 쓰다가 팀장님이 컴퓨터로 쓰는 거라고 해서 구겨버렸다. 오우 개쪽팔려….

사실 시말서를 쓰긴 했지만 저런 실수는 애교 수준이다. 나의 진짜 실수는 따로 있다.

나는 페이스북 페이지를 관리한다. 페이지 팔로워를 늘리기 위해 주기적으로 광고를 돌린다. 페이스북 피드를 넘기다 보면 인격 테스트하나 싶게 뜨는 기업 페이지 광고가 바로 내가 하는 일이다(물론 여러분은 페이스북을 버린 지 오래겠지만).

내가 페이스북 운영을 맡은 지 얼마 안 된 생신입 때, '핵쫄보'였던 나는 광고를 돌리기 전에 광고 기간이나 타깃, 예산 등을 두 번 세 번씩 꼭 확인했다. 특히 광고 예산은 속으로 일 십 백 천 만… 세어가며 맞게 썼는지 몇 번을 확인했다.

그 재수 없던 날도 몇 번씩 체크했다.

"총예산… 일 십 백 천 만 십만… 30만 원… 기간…
일주일… 일 십 백 천 만 십만…."

아기동자 접신 직전처럼 중얼거리며 예산을 확인했다.
완벽히 세팅을 한 후 광고를 돌렸다. 그리고 4일이 지났다.
이때쯤 광고가 잘되고 있는지 확인해줘야 한다.

근데 오우 팬이 엄청나게 늘어 있었다. 당시 페이지
팬이 19만 얼마 얼마로, 20만이 넘을 듯 안 넘을 듯 넘지
못했는데 20만이 훌쩍 넘은 것이다.

'이것은 모두 광고를 잘 돌린 나의 덕이다.'

'클라이언트는 내게 조공을 바치러 와야 한다.'

'아직 광고비가 10만 원밖에 소진되지 않았는데 팬이
이렇게 많아졌다니.'

'기획 천재! 마케팅 지니어스! AE계의 마윈!'

'근데 이게… 이게 왜… 일 십 백 천 만 십만 백만… 왜
소진 비용이 100만 원이지?'

'…?'

'10만 원이 아니야…?'

'…뭐가 잘못 나왔나?'

'총예산이 30만 원인데 어떻게 100만 원을 써?'

'왜지…?'

'왜….'

'오… 오오….'

'아…!'

내가 무슨 짓을 저질렀는지 깨달을 때의 그 짜릿함!

페이스북 광고 예산은 '총예산(총 광고 기간 동안 쓰는 비용)'과 '일일 예산(하루 동안 쓰는 비용)'으로 나뉘는데, '총예산' 30만 원으로 설정해야 할 것을 '일일 예산' 30만 원으로 설정한 것이다. 그래서 일주일 동안 30만 원을 써야 할 것을 매일매일 30만 원을 써버린 것이다. 그렇게 4일이 지나 소진한 광고비가 100만 원을 넘은 것.

등부터 서서히 서늘한 기운이 뻗쳐 오기 시작했다. 파스를 붙인 것처럼 화끈거리고… 갱년기 증상처럼 체온 조절이 안 되고… 머리가 어지럽고 귀가 먹먹하고… 눈이 잘 안 보이고… 창에 결로가 생기듯 겨에 땀이 촉촉이

맺히고…. 나는 키보드 자판을 뽑을 것처럼 쥐어뜯었다.
그대로 일어나서 퇴사를 할까… 두려움에 제정신이
아니었다.

이럴 때 이성은 가장 먼저 '상사에게 알리지 않고
해결하는 방법'을 생각한다. '없었던 일처럼 덮어버릴 수
있다면…' 초위기 상황이 되자 시냅스로 배를 긁던 뉴런들도
벌떡 일어나 뇌를 굴리기 시작했다.

'내 돈으로 메울까?'
'100만 원인데…? 10만 원도 없잖아….'
'내가 돌린 광고 아니라고 할까?'
'광고 돌린 사람 IP 다 뜨는걸….'
'지금 못 본 척하고 나중에 혼날까?'
'그럼 나중에 200만 원이 넘게 나갈 텐데…?'

생각할수록 '망필'이 또렷이 느껴졌다. '더 이상 나빠질
것도 없다'. 나는 오히려 겸허한 마음이 되었다. 싯다르타는
죽기 전에 '고개 돌리지 말고 너의 무상함을 똑바로
보아라'라고 말했다. 그 가르침에 따라 나는 내가 싼 똥을

똑바로 보기로 마음먹었다.

"팀장님, 제가 좆돼… 아니… 작은 실수를 했습니다…."

2년 차가 된 지금 그런 일이 있었다면 '어쩔 수 없지 뭐'
했겠지만, 신입이었던 당시에는 회사 돈을 털어먹었다는
생각에 벌벌 떨었다.
'돈에 혈안 된 회사가 나를 가만 놔둘 리 없다!'

나는 두려웠다. 상상 속에선 이미 고소까지 당했다.
나는 파티션 뒤에 숨어 수줍게 팀장님을 불렀다. 팀장님은
신입이 그러고 조아리고 있으니 기분이 쎄해지신 것 같았다.

"왜… 빵떡씨 무슨 일이세요… 왜 이러세요…?"

'왜 이러세요'를 되뇌는 팀장님에게 자초지종을 불었다.
내 얘기를 듣는 그의 눈빛에서 재소자의 사회화를 포기한
교도관의 심정을 읽을 수 있었다.

에, 그래서 어떻게 됐냐면 초과된 광고비 70만 원은

회사에서 메웠고, 페이스북 광고 돌리는 일은 대리님에게
넘어갔다. 그리고 의도치 않게 페이스북 팬 20만 명을 넘긴
클라이언트는 나의 실수를 질책했지만 얼굴에선 미소가
떠나지 않았다.

지금 생각해보면 페이지 팬도 늘었고, 내 일도 줄었고…
그렇담 결과적으로 좋은 일이 아니었을까? 플라스틱도 한
수 접고 갈 쓰레기 같은 마인드… 아무래도 연차와 염치는
반비례하나 보다.

벚꽃라떼… 벚꽃감자칩… 벚꽃맥주… 벚꽃텀블러…
벚꽃네일…… 체리블라썸에 미친 민족…

희대의 카피라이터

우리 팀은 '회의할 때 화기애애해 보인다'는 얘기를 자주
듣는다. 회의실에서 웃음소리가 끊이지 않기 때문이다.
그것은 우리가 회의는 안 하고 주로 노가리를 까서 그렇다.
평소에는 그다지 말도 안 섞으면서 회의 시간만 되면
그렇게 딴소리를 해쌓는다.

　"이번에 고량주 홍보를…""고량주 좋아하시는지…"
"저희 장인어른이 술을 그렇게…""선물로 조니워커
블랙라벨을…""대학교 엠티에서 양주를…""요즘도 엠티를
가평으로…""가평에서 제가 번지점프를…""세계에서 젤
높은 번지점프대가 호주에…""호주에 위홀을 갔었는데…"

"그런 것치고 영어 실력이 썩…""빵떡씨가 그런 말 할
처지인지…""…무슨 애기 했었죠?"

이렇게 딴 길로 새다 보면 헨젤과 그레텔이 파리바게뜨
빵을 다 털어 뿌려도 원점으로 돌아가는 길을 찾기 힘들
것이다. 주로 팀장님이 "자 아이스브레이킹은 여기까지
하고~" 하면서 노가리를 종결시키는데 만난 지 1년이
넘었는데 무슨 아이스브레이킹 타령인지 참 뻔뻔스럽기도
하다. 그냥 일하기 싫어서 놀았다고 해요….

한번은 옆 팀 대리님이 무슨 얘길 그렇게 재미있게
하느냐고 물어본 적이 있다. 그래서 우리 팀이 무슨
얘길 하는지 생각해봤다. 주로 "우리 회사 새로 이사
갈 사무실이 꽤 좁다던데" "그럼 제일 먼저 저희 팀을
떼어놓지 않을까요?" "하하하하" "무슨 소리세요, 팀장님만
떼어놓겠죠" "아하하하" "빵떡씨는 회사에 도움이 된다고
생각하나 봐요?" "하하하하" "이사 가기 전에 회식이나
할까요?" "다음 달 월급도 없는데 회식비가 있겠어요?"
"아하하하" 같은 내용이다. 곧이곧대로 말해주니 옆 팀
대리님이 위로해줬다. 저는 괜찮습니다만….

우리 팀 회의는 '감금식'으로 이루어진다. 괜찮은 아이디어가 나오기 전까지 회의실에서 나가지 못한다. 다들 남의 대가리에서 기막힌 아이디어 하나쯤 나오길 하염없이 기다린다. 하나 결국 그 대가리가 그 대가리이므로 12시쯤에 적당한 선에서 타협한다. 그날도 회의실에서 아이디어의 변비를 견디는 인고의 시간을 보내고 있었다.

"페이스북 스킨에 들어갈 슬로건이 있어야 하는데… 봄에 어울리는 문구로 다들 생각해봅시다."

"스프링 모먼트립 어때요? 봄의 순간을 즐기는 여행이라는 뜻으로 스프링이랑 모먼트, 트립을 합쳤어요."

"너무 어렵네요. 되도록 한글로. 좀 쉽게."

"'봄으로 한 발짝'은 어떠세요?"

"너무 흔해요."

서로 '쟤 머리에선 왜 저런 것만 나올까' '김치 명인도 아니고 겁나게 깐깐하네' 하는 생각을 할 무렵 대리님이 입을 뗐다.

"함께해서 좋은 봄 같은 건 어떨까요? 음… 줄여서

함께좋봄?"

"오오, 함께좋…봄…? 좋….."

"…좋봄이요…? 좋… 뭘 보신다고요?"

팀장님의 "뭘 보신다고요?"에서 나는 이미 꺼억꺼억 웃고
있었다.

"아뇨 아뇨, 뭘 본다는 게 아니라 좋은 봄이라는 뜻인데
그게 제가 그런… 그런 뉘앙스가 되는 줄 몰랐는데 근데
발음을 잘 하면 또 그런 느낌은 아닌데….."

아니긴 뭘 아니야…. 분위기가 어떻게 수습도 안 되고
아주 난리가 났다. 우리 머릿속은 '함께좋봄'으로 가득 찼다.
이미 다른 아이디어는 생각할 수 없는 뇌가 되어버렸다.
다들 아무 말도 안 하고 입 속에서 좋봄만 옹알옹알거렸다.
좋봄… 좋… 봄… 좆… 아니… 좋….

그날 회의는 그렇게 닦지 않은 똥처럼 찝찝하게
끝났다. '좋봄'이 아직도 머릿속을 떠나지 않는 걸 보면
사실 대리님은 희대의 카피라이터가 아닐까. 누구나 한번

아직 우매한 시대 정신이

그녀의 혁신적인 카피를

받아들이지 못하는 것이다

들으면 잊을 수 없는 마성의 카피…. 그러나 아직 우매한 시대정신이 그녀의 혁신을 받아들이지 못하는 것이다. 대리님이 2040년쯤 태어났으면 좋았을걸. 이렇게 또 한 명의 천재가 빛을 잃어간다.

라이츄가 되는 이유

나는 디지털 파트라서 업무 시간에 맘 놓고 SNS를 할 수
있다. 누가 뭐 하냐고 물어보면 "트렌드 파악 중입니다"라고
하면 된다. 대신 절대 웃으면 안 되고, 미간에 힘 딱 주고
재난 영화 보듯이 개심각하게 봐야 한다. 중간중간 뭔가
인사이트를 포착한 듯 끄덕거리면 금상첨화. 메모하는 척은
옵션.

북미 정상회담 기사 읽는 표정으로 박막례 할머니
유튜브를 세 편 봤다. 그런데도 아직 11시가 안 됐다. 벌써
구독해놓은 뉴스레터도 다 읽었고 인스타그램도 다 봤다.
인스타그램은 너무 자주 들어가서 게시물 업로드 속도가 내

접속 속도를 따라오질 못한다.

요즘은 일이 없어서 시간이 안 간다. 입사 이래로 가장 한가한 때를 보내고 있다. 올해 쓴 모든 제안서가 광탈*했기 때문이다. 팀원들의 무능력이 조금씩 모여 1분기 수주율 0퍼센트라는 쾌거를 달성했다. 2월쯤에 "이러다 상반기 내내 노는 거 아냐 흐흐" 하고 농담을 했는데 점점 현실이 되고 있다. 빵떡의 상상은 현실이 되고 난리일까.

나는 올해 초까지만 해도 이런 상황이 매우 흡족했다. 돈은 똑같이 받으면서 일은 덜 했으니까. 인센티브가 끊긴 팀장님이랑 대리님이야 속이 타겠지만 원래 인센티브가 없던 나는 타격이 전혀 없었다.

'이래서 사원이 좋구나. 나는 먹여 살릴 가족도 없고 갚을 카드값도 없다. 원래 쥐똥만큼 받았으니 계속 쥐똥만큼 받아도 아무 상관 없다.'

의외의 포인트에서 사원으로서의 자부심을 느끼고 뿌듯해했다. 팀장님과 대리님의 비통한 표정도 내 마음을

* 빛의 속도로 탈락했다는 뜻.

푸근하게 했다.

그렇게 한 달 두 달이 지나고 없던 일이 점점 더
없어져갔다.

'아, 오늘은 뭐 하지.'

'명함으로 키보드 때를 팔까.'

할 일이 없으니 안 그래도 긴 업무 시간이 유플러스
3G처럼 느리게 갔다. 파쇄기 청소를 하고 정수기 물통을
비워도 시간이 가질 않았다. 예전에 한창 바쁠 땐 오전
시간은 존재하는 것 같지도 않고 오후도 정신 차리면 3시,
정신 차리면 6시였는데. 요즘은 한참 지났겠지 싶어 시계를
봐도 7분 지나 있고 또 한참 있다 시계를 봐도 4분 지나
있고 그렇다. 시간의 흐름이 플랭크 할 때처럼 생생하게
느껴졌다. 나는 청춘이 흘러가는 것을 굉장히 아까워하는
사람인데 이럴 땐 조금 빨리 흘러도 괜찮을 것 같았다.

'아 이것은 고문이다.'

'회사 생활이 초창기 TV조선만큼이나 지루하다.'

게다가 팀이 계속 돈을 못 버니 슬슬 걱정이 되기
시작했다.

'회사가 내게 월급을 줄 돈은 있을까. 이러다 잘리는 건 아닐까. 사실 잘리면 실업급여 나오고 개꿀이긴 한데….'

더 생각하면 제발 잘리고 싶어질 것 같아서 관두었다.

차라리 내 직급을 인턴으로 끌어내려서 돈도 덜 주고 일도 덜 시키면 어떨까. 대신 복지는 좋아야 한다. 6시에 칼퇴시켜주고, 클라이언트랑 커뮤니케이션 안 시키고, 어려운 엑셀 작업 안 시키고, 자잘한 심부름이나 박스 포장은 시키지만 커피 심부름은 절대 안 시키고, 아무것도 책임지지 않게 해야 한다. 적게 벌고 평생 인턴으로 살아도 나쁘지 않겠는걸.

지속 가능한 인턴 생활을 구상하고 있는데 여기저기서 메일과 메시지가 왔다. 뭐여. 일이 없어서 올 메일도 없는데. 받은편지함에 들어가봤다.

인사발령이 하기와 같이 결정되었으므로 공고합니다.

발령일자: 2019년 5월 1일

[승진] PR3팀 빵떡씨 대리 진급

위와 같이 인사 발령함

…뭔데?

대리요…? 제가요? 나는 아직 만 2년도 안 됐는데 대리라니. 일도 없는데 대리라니. 월급도 안 올려줄 거면서 대리라니. 할 줄 아는 것도 없는데 대리라니. 인턴 하고 싶어 하는 사람한테 대리라니. 새로운 수능 금지곡 〈대리라니〉를 발매해도 될 만큼 '대리라니'가 머릿속에서 떠나질 않았다.

드라마 보면 승진했다고 막 기뻐하고 축하받고 그러던데 나는 왜 기분이 나쁘지…. 마침 팀장님도 승진 축하 문자 메시지를 보내주셨다. "빵떡씨도 이제 대리니까 더 열심히 하셔야죠." 왜 월급은 안 오르는데 열심만 오르나요….

집에 와서 동생에게 승진 소식을 알렸다.

"나 승진했다. 근데 왜 승진했는지 잘 모르겠다."
"너네 요즘 돈도 못 번다며."
"그러니까."
"음… 야 포켓몬이 언제 진화해?"
"…지 꼴릴 때 하겠지."
"아니지. 스토리 전개상 필요할 때 진화하지. 예를 들어

진 → 화

겁나 센 적을 만났어. 근데 지우 이 새끼가 적당히 안 빼주고
'너만 믿는다!! 야! 너만 믿는다고!' 이러면서 몬스터볼에
안 넣어줘. 그럼 이제 피카츄는 어떻게 해야 돼. 디질 수
없으니까 라이츄 되고 그러는 거지."

　　"…나도 대리로 진화해서 어떻게든 팀을 살리라는
뜻이야?"

　　"이해가 빠른 편이네."

　　승진하고도 기분이 나쁜 이유가 이거였구나. 라이츄도
나 같은 기분이었을까. 지우는 진화했다고 더 센 놈들이랑
싸움 붙이고… 피카츄 시절 쓰던 능력은 못 쓰고…
피카츄였을 때보다 사람들한테 인기도 없고… 지우는
계속 노동 착취하고… 난 라이츄를 생각하며 눈물지었다.
포켓몬스터가 이렇게 슬픈 만화였나. 진화든 승진이든
생각만큼 행복하기만 한 것은 아닌가 보다.

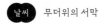
강제 밀덕

고객사가 어떤 브랜드냐에 따라 일에 대한 흥미와 열정도
달라진다. 내가 관심 있는 브랜드를 맡으면 그나마 손가락을
움직여 키보드를 칠 의지가 생기고, 그나마 야근할 때
헛구역질을 덜 하게 된다. 하지만 지금까지 그런 고객사를
맡은 적은 없다. 지금까지 맡은 브랜드는 리조트… 유제품…
관공서… 학습지… 강연… 정도였다. 심장이 요만큼도
요동치지 않았다고 볼 수 있다.

나와 대리님은 언제나 화장품 브랜드나 패션 브랜드를
맡고 싶어 했다.

"내가 화장품 브랜드 담당하잖아? 그럼 진짜 영혼 갈아 넣어서 홍보한다."

"대리님, 저는 제 돈 쏟아부어서 그 브랜드 제품 살 거예요."

그러나 딱히 갈아 넣을 영혼도, 쏟아부을 돈도 없어서였을까. 우리의 '워너비' 브랜드들은 항상 손 닿지 않는 먼 곳에 있었다.

사실 우리 팀은 몇 개월째 고객사가 없는 상태였기 때문에 브랜드를 가릴 처지가 아니었다. 돈만 준다면야 깨진 세숫대야도 이것이 요즘 유행인 레트로라는 둥, 옥색 컬러감이 팬톤 올해의 컬러 뺨싸다구 치게 곱다는 둥 하며 팔아야 했다. 입사 2년째인 마당에 법의 테두리 안에서 할 수 있는 건 다 해볼 참이었다.

그러던 중에 고객사 하나를 덜컥 수주하게 되었다. 나는 회사에서 웬만하면 막 크게 웃고 좋아하고 그러지 않는데 너무 오랜만의 수주라 팀원들과 다 함께 좋아했다. 제안서를 하도 많이 써서 어디를 수주했는지도 모르고 마냥 좋아했다.

"그래서, 그래서 어디 된 건데요?"

"B회사!"

아… 그런 데가 있었지… 대리님과 나는 서로 짝짜꿍 부딪히던 손을 내리고 경건히 차렷했다. B회사로 말할 것 같으면 군대… 국방… 무기… 그런 것과 관련된 곳이다. 더 말했다간 기밀 누설죄로 압송될 것 같으니 말을 줄이겠다.

이제 대리님과 나는 큰일이 났다. 우리는 군대에 다녀오지 않은 여성으로 무기나 국방에 대해서는 일체 몰랐다. 아까 깨진 세숫대야 어쩌구 한 건 다 개소리고 나는 의욕을 아주 상실해버렸다. 레드벨벳 립스틱을 바라던 사람한테 레드 피 튀기는 무기라뇨….

나는 울면서 스터디를 하기 시작했다. 『전쟁의 역사』, 『무기 바이블』, 「세계를 뒤바꾼 무기」, 「국방 백과」… 책부터 나무위키까지 관련된 건 닥치는 대로 읽었다. 나사NASA 홈페이지까지 들어갔을 때는 이과와 영문학도에게 쥐어 터지는 듯한 고통에 피눈물을 쏟았다.

나는 군필자 친구에게 도움을 청했다. 그는 전차와
장갑차의 구조부터 소총과 기관총의 차이까지 침을
기관총처럼 발사하며 설명했다.

"소총의 총구부터 방아쇠까지 이 긴 부분을 총열이라고
해."

"총렬."

"총열."

"총렬."

"아니 지상렬할 때 렬 말고 오열할 때 열!"

"아, 지상렬할 때 렬 말고…."

오열하고 싶었다.

"후… 그리고 이 부분은 개머리판."

"개머리판? 이름이 뭐 그래? 히히히 웃기닿 개머리.
히히히."

"…웃겨…?"

"…응…"

"…빵떡아."

이건 밀덕이 되어야만
홍보할 수 있다

K2···

M16···

FA-50···

"응…."

"이거 네가 홍보 맡아도 괜찮은 걸까."

그니까… 내 말이 그 말이거든….

아, 인간이란 종족은 대체 무슨 짓을 하려고 이 무시무시한 무기들을 아이폰 신모델 내놓듯이 쏟아냈을까. 나처럼 박애주의적인 사람은 신념에 위배되어 도저히 일을 할 수가 없었다. 나는 벌떡 일어났다. 하지만 동시에 자본주의적인 사람이어서 도로 앉았다.

아무리 일어섰다 앉아도 해결할 수 없는 문제였다. 이건 밀덕*이 되어야만 홍보를 할 수 있었다. 회사를 다니기 위해 취향도 바꿔야 하다니. 이제 취미 생활로 소총이랑 전차 피겨 사 모으고… 침대 맡에 주르륵 올려놓고 "내 M16 너무 예뻐…!" 하면서 감탄하고… 옥션에 길리 슈트** 주문해서 핼러윈에 입고 이태원에 가고… 퇴근 후엔 PC방 달려가서

* '밀리터리 덕후'의 준말로 군복이나 무기 마니아를 가리킴.
** 나뭇잎 등을 의류에 붙여 만드는 저격수용 위장복. 개그 소품으로 아는 사람도 많다.

배그*를 하는… 열렬한 밀덕의 삶을 살아야 하는 것일까?
정말 그것만이 답일까?

나는 갑자기 대행사의 삶이 너무 불행하다고
생각되었다. 동기 언니를 붙잡고 하소연했다.

"언니 내가 일 때문에 취향까지 바꿔야 해? 나 정말
속상하다?!"
"빵떡이 속상하구나."
"으응 말이라구."
"나는 고객사가 성인용품 브랜드여서 노트북만 켜면
성인 사이트 팝업창이 버팔로 무리처럼 우두두두 뜬단다.
하루의 시작을 그 수십 개의 팝업창 닫는 거로 시작해….
성인용품을 너무 많이 검색해서 구글 맞춤 광고에
우머나이저가 뜨고 있지."

일이란 무엇일까. 대리가 되었는데도 아직 잘 모르겠다.

• 서바이벌 슈팅 게임 '배틀그라운드'의 준말.

나는 그만 아득해져 고개를 들어 하늘을 봤다. 카모플라주 모양의 구름이 흘러가고 있었다.

노동자의 제주도 여행

제주도로 여행을 갔다. 새 클라이언트 때문에 본격적으로
바빠지기 전에 연차를 썼다. 엄마랑 동생이랑 2박 3일로
간 여행이었다. 엄마 퇴직금을 털어 갔다. 아빠는 할머니의
충실한 '보필러'로 집에 남겨두기로 했다. 효도는 각자
셀프로 하시는 모습이 아주 아름다웠다.

　나는 이번 여행에서 반드시 여행기를 쓰기로 다짐했다.
제주도의 자연을 소재로 글을 쓰고 싶었다. 그래서 여행
하는 동안 글로 쓸 만한 심상을 떠올리려 애썼다. 제주
바다와 오름, 수국 등에서 느낀 감상을 어떤 김훈 같은
표현… 어떤 김영하 같은 감수성으로 표현하고 싶었다.

'드넓게 펼쳐진 바다는… 매우… 매우 오졌고… 아니 그 뭐지… 쉬를 지리게 했고… 아니… 하….'

오지고 지리다란 표현 외엔 달리 생각나는 게 없었다. 내겐 아무래도 아름다운 자연을 언어로 풀어내는 능력이 없었다. 그냥 우도땅콩아이스크림 맛있었고 오션 뷰 멋졌고 만장굴 신기했고 해물라면 비쌌다.

그런 단편적인 감상 후에는 꼭 '여기는 평일엔 장사가 되나…' '비 오는 날엔 손님이 없을 것 같은데' 하는 제주도 사람들 먹고사는 걱정이 따랐다. 나는 가게 주인은 들리지 않도록 동생에게 소근소근 말했다.

"여기는 이렇게 외진 데 있어서 사람들이 안 오지 않을까?"

"다 검색해서 찾아오지."

"그래도 바닷가 쪽은 장사가 저렇게 잘 되는데 여기는 손님이 없잖아."

"…있잖아."

"응."

"그래도 이 사람들이 너보다 잘 벌어."

"응…."

"니가 젤 찌끄레기니까 남 걱정 그만해."

"응…."

　내 먹고살 걱정에서 벗어나려고 여행을 왔으면서 왜
남 먹고사는 걱정을 하는지 스스로도 이해하기 어려웠다.
너무 근본까지 노동자가 돼놔서 남들 일할 때 노는 게 맘이
편치 않은 건가. 어딜 가든 걱정을 멈출 수 없어 거의 괴로울
지경이 되었다. 나는 제주도 바람이고 풍경이고 어차피
써지지도 않는 거 집어치우고, 제주도의 노동 피플에 대해
쓰기로 했다.

　#프로페셔널 말 아저씨

　제주도는 조금만 넓고 푸른 곳이면 승마 체험장이 꼭
있다. 한 3만 원씩 받고 20분 정도 말을 태워준다. 우도봉
초입에도 승마 체험장이 있었다. 여러 승마 체험장 중에서도
우도봉이 기억에 남는 건 말을 태워주시는 분(편의상 말
아저씨)이 대단한 프로였기 때문이다. 보통 승마 체험은
말을 타고 풀밭을 거니는 수준이다. 체험자가 말에 타고,

인솔해주시는 분이 옆에서 말고삐를 잡고 걷는다. 하지만 우도봉의 말 아저씨는 달랐다. 아저씨는 손님을 말에 태우고 본인은 다른 말에 탔다. 그리고 두 말을 끈으로 이었다.

"저러고 달리는 걸까?"
"설마…."

설마 달렸다. 두 말은 아저씨의 통솔에 따라 우도봉 일대를 유려하게 달렸다. 서로를 밀어내는 자기장이 있는 듯 부딪히지도 않았다.

"저 사람은 프로다."
"정말로."

나와 동생은 조금 감탄해서 수군거렸다. 하지만 곧 수군거림도 멈추고 입을 딱 벌렸다. 아저씨가 주머니에서 핸드폰을 꺼내 뒤따라오는 손님의 영상을 찍기 시작했기 때문이다. 말 아저씨는 거의 뒤돌아 탄다 할 정도로 허리를 100도 정도 꺾고 타셨다. 이 와중에 손님도 아저씨 못지않은 프로라 얼굴에 엉키는 머리카락을 쉼 없이 넘기며 포즈를

취했다. 우리는 땅콩아이스크림을 빨며 프로 대 프로의
치열한 승마 체험을 관망했다. 손님과 말 아저씨는 우도봉
너머로 홀연히 사라졌다.

#우도 유재석

우도에는 주요 관광지를 도는 순환 버스가 있다.
하우목동 포구에서 출발해 비양도, 검멀레 해변, 하고수동
해수욕장, 땅콩마을 등을 쭉 돈다. 버스 기사님들은
관광지가 가까워지면 관광지에 대해 간단히 설명을 해
주신다.

"여러분 검멀레 해변이 왜 검멀레 해변인지 아세요?
(이때 적당히 "몰라요오"라고 해야 한다) 모래가 죄다
꺼먼색이라서 검멀레 해변이라고 하는 거예요. 그니까
검은 모래 해변인 거죠. 여기서 모래 퍼 가면 안 돼요오,
불법이에요, 아시겠죠~?"

평소엔 콧바람으로 "흐" 정도 웃는 리액션에 그치는데,
이번엔 왠지 호탕하게 웃었다. 여행지에선 뭐든 좀
후해진다.

검멀레 해변에서 겁나 비싼 톳짜장면이랑 해물짬뽕을 먹고 다시 버스에 탔다. 하고수동해수욕장에 가까워지자 기사님이 마이크를 드셨다.

"안녕하쎄요오, 여러분은 우도 유재석! 우우도 유재석(강조)이 드롸이비잉하는 버스를 타고 계십니다아."

기사님의 텐션이 심상치 않았다.

"지금 가는 곳은 하고수동해수욕장인데요, 여기가 바로 우도의 강남입니다. 왜 줄 아세요?"

"(승객) 왜요오~?"

"캬아 여억시 궁금해하실 줄 알았어요. 여기가 우도에서 땅값이 가장 비싼 곳이기 때문입니다."

"(승객) 아아아."

"그쵸? 이해가 딱! 딱! 되시죠? 제 친구 중에 맨날 자기가 그지라고 하는 놈이 있는데, 하루는 이러는 거예요. '아 나는 제대로 된 직업도 없고 그저 이 하고수동에 땅 2000평 있는 게 다다~. 땅뙈기 그거 지가 해봤자 한 50억 밖에 더 하니? 나는 증말 그지다 그지야, 얘 너는 버스기사해서 월급도 착착 들어오구 좋겠다 얘.'"

"(승객) 아하하하하."

"그러는 거 있죠? 아우 버스 하기 싫어어."

우도 유재석은 승객들이 한바탕 웃기를 기다렸다가
다시 이야기보따리를 장전했다.

"어제는 날이 흐려서 내가 '오늘은 바다가 별루 안
이쁘네요' 했더니 어떤 언니가 '왜요오 이렇게 예쁜데?'
하는 거야. 아니 저게 뭐가 이뻐? 동네에 하나씩 다 있는
하천이지 뭐. 다들 집 앞에 이런 해변 하나씩 있는 거 아닌가
그죠?"

"(승객) 아니요~."

"어머 없어? 아휴 안쓰러워라⋯."

"(승객) 하하하하."

"나는 그래도 육지가 좋더라. 여기는 뭐 문화생활 할
게 없어. 저번에 〈어벤져스〉 보다가 배 끊겨서 1박 2일 할
뻔했잖아. 증말 우도 지긋지긋해. 아우 버스 하기 싫어어."

"(승객) 아하하하하."

버스 하기 싫다는 푸념으로 끝나는 일관성까지
완벽했다. 이 1인 구전 설화는 너무 많이 해서 달달 외움은
물론이고 변주와 각색까지 됐을 게 분명하다. 근데 정말로
설화와 닮은 것이, 이 스토리텔링 속에는 섬 버스 기사의
애환이 담겨 있었다. 한의 정서를 해학과 풍자로 승화한
민족의 후손다웠다.

나는 슬픈 얘기를 웃기게 하는 사람을 좋아한다. 설움을
희화화할 수 있는 사람이야말로 인생에 대해 제대로 아는
사람인 것 같기 때문이다. 나는 우도 유재석이 마음에 들어
좀 더 버스에 있고 싶었지만 어머니가 수작 부리지 말라고
하여 내렸다. 아우 걷기 싫어~.

월정리 브레멘 음악대

제주도에 왔으니 흑돼지를 먹으러 월정리 해변가에
있는 흑돼지 가게에 갔다. 어쩔 수 없는 노동자인 우리는
'이 돈이면 술이 몇 병이고… 회사 점심을 몇 번 먹을 수
있고…' 하는 생각이 들었지만 엄마의 퇴직금을 믿고 과감히
3인분을 시켰다.

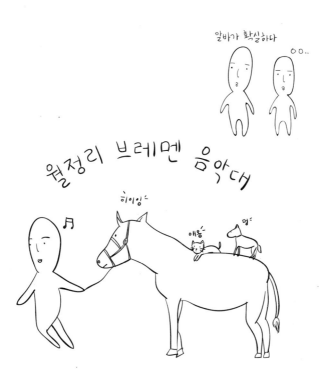

한 점 한 점 손을 벌벌 떨며 쌈을 싸는데 도로
맞은편으로 어떤 '무리'가 지나갔다. 그 무리는 1인간,
1당나귀, 1개, 1고양이로 구성돼 있었다. 당나귀 위에
강아지와 고양이가 올라탄 행색이 마치 브레멘 음악대
같았다. 이제 어디서 닭 한 마리만 구해 오시면 되겠다?

"저건 분명 뭔가 광고하는 거다."

동생은 아무 이유 없이 저럴 리가 없다고 말했다.
나도 동의했다. 우리는 밀레니얼 세대답게 인스타그램에
'#월정리당나귀'를 검색했다. 그러자 우리가 본 브레멘
음악대의 사진이 떴다. 역시. 홍보대행사 2년 차의 눈은
피할 수 없었다. 그 사람은 아르바이트생이고, 정기적으로
월정리 일대를 돌며 모객을 하는 게 분명했다. 우리는 이
근방에 당나귀 목장이 있다, 고양이 카페가 있다, 브레멘
음악대 극장이 있다 등의 추론을 했다. 무엇을 파는지는
모르겠지만 아무튼 훌륭한 마케팅임은 틀림없었다.
소비자가 스스로 검색하고 추측까지 하게 했으니 말이다.

우리는 흑돼지를 먹고 월정리 해변가를 걸었다.

그런데 저 앞에 아까 그 브레멘 음악대가 보였다. 당나귀는
평화롭게 모래사장에서 뒹굴거렸고 개는 그 주위를
펄쩍펄쩍 뛰었다. 아르바이트생이리라 추측했던 사람도
모래사장에 펼쳐져(라는 표현이 어울리게) 있었다. 그의
옆에는 땅콩막걸리 한 병이 놓여 있었다.

　"알바 아닌가 봐…."
　"그러네…."

　그냥 동물을 좋아하는 인간과 그의 말을 잘 듣는
동물들이었다. 그래 세상에 뭘 파는지 모르게 광고하는 게
어딨어….
　고양이는 인간에 대한 애정을 과시하며 열심히
꾹꾹이를 했다. '자냥괴'에다가 '십명청'한 동생과 나는 조금
부끄러워져 얼른 자리를 떴다.

　김포공항으로 향하는 비행기에서도 동생과 나는
"승무원들도 참 힘들 거야?" "그렇지" 하는 이야기를
나눴다. 특별히 착한 것도 아니면서 남 걱정을 오지게도
하는 바람에 나는 심히 피로했다. 빨리 누구의 노동도

걱정할 필요 없는 집으로 가고 싶었다. 돌아가면 내 노동만 걱정하면 되겠지. 나는 비행기가 이륙하는 것을 느끼며 생각했다.

'다음엔 내 퇴직금으로 오리라.'

끝까지 지독히도 노동자 같은 생각을 하며 제주도를 떠났다. 관광노동의 도시, 제주 안녕.

신입사원
빵떡씨의 극비 일기

2019년 7월 23일 1판 1쇄 인쇄
2019년 8월 2일 1판 1쇄 발행

지은이	빵떡씨
펴낸이	한기호
책임편집	도은숙
편집	정안나, 유태선, 김미향, 염경원, 박소진
디자인	스튜디오 프랙탈
경영지원	국순근

펴낸곳	플로베르
출판등록	2017년 5월 18일 제2017-000132호
주소	04029 서울시 마포구 동교로 12안길 14 삼성빌딩 A동 2층
전화	02-336-5675 팩스 02-337-5347
이메일	kpm@kpm21.co.kr

ISBN	979-11-962227-5-8 03810

· 플로베르는 한국출판마케팅연구소의 임프린트입니다.
· 잘못된 책은 구입처에서 교환해드립니다.
· 책값은 뒤표지에 있습니다.
· 이 도서의 국립중앙도서관 출판예정도서목록(CIP)은 서지정보유통지원시스템
  홈페이지(http://seoji.nl.go.kr)와 국가자료공동목록시스템(http://www.nl.go.kr/
  kolisnet)에서 이용하실 수 있습니다. (CIP제어번호 : CIP2019027169)